Cidade dos
KARIANTHOS

Copyright do texto © 2016 Valdir Oliveira
Copyright das ilustrações © 2016 Bruno Gomes
Copyrigth da edição © 2016 Escrituras Editora

Todos os direitos desta edição reservados à
Escrituras Editora e Distribuidora de Livros Ltda.
Rua Maestro Callia, 123 – Vila Mariana – São Paulo, SP – 04012-100
Tel.: (11) 5904-4499 – Fax: (11) 5904-4495
escrituras@escrituras.com.br
www.escrituras.com.br

Diretor editorial: Raimundo Gadelha
Coordenação editorial: Mariana Cardoso
Assistente editorial: Karen Suguira
Revisão: Cristiane Maruyama
Projeto gráfico e diagramação: Sandra Menezes – SM Editorial
Capa e ilustrações: Bruno Gomes
Impressão: Mundial Gráfica

Dados Internacionais de Catalogação na Publicação (CIP)
(Câmara Brasileira do Livro, SP, Brasil)

Oliveira, Valdir
 Cidade dos Karianthos / Valdir Oliveira;
[ilustrações Bruno Gomes]. – São Paulo: Escrituras Editora, 2016.

ISBN 978-85-7531-701-3

1. Literatura infantojuvenil I. Gomes, Bruno. II. Título.

16-05547   CDD-028.5

Índices para catálogo sistemático:
1. Literatura infantojuvenil 028.5
2. Literatura juvenil 028.5

Impresso no Brasil | *Printed in Brazil*

Valdir Oliveira

Cidade dos KARIANTHOS

Ilustrações
Bruno Gomes

escrituras
São Paulo, 2016

Dedico aos meus filhos, Pedro e Ilana,
à minha esposa, Luciene,
e aos meus pais, Sílvio e Jacinta.

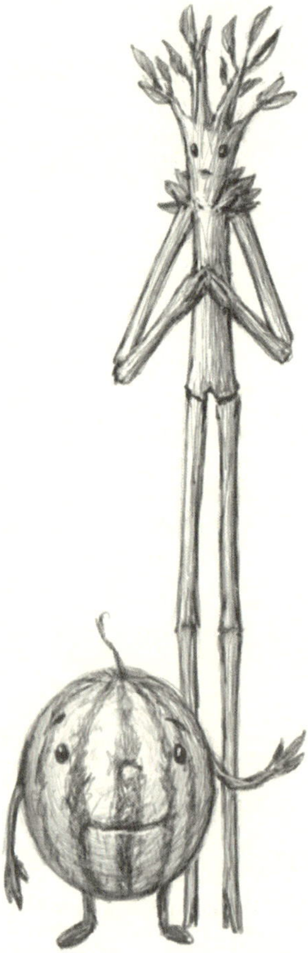

SUMÁRIO

PREFÁCIO 9

A FRUTA DA VIDA INFINITA 13
Atineia e Deodor 15
Papa livros 19
Tempo pássaro 23
Preparando a viagem 25
Bicicletas 27
Até Karianthos 32
A fruta da vida infinita 37
O vão do monstro gosmento 41
A um passo de Kundun 46
Aqui tem um grande mistério..51
Diante das árvores..55
Luane quer voltar...60
Retorno de Atineia e Deodor 63
Encarando Atineia e Deodor 66
Um dia retornaremos 70

O SEGREDO DAS ÁRVORES 73
Kauy não pode saber, mas sabe 75
Porão 77

Se lhe dá satisfação, me dê a mão 80
Meus pais ao relento 86
Luane vai ao esconderijo 90
Seguindo pela esquerda 94
O crime da melancia 98
A placa 102
Papai precisa saber da tempestade 105
O remorso de Luane 108
Diante dos boitucos 111
Diálogo com mamãe 122
Opção das pedras 126
A força da tempestade 130
Gotas de sangue 134
Um lugar para ficar 137

A GARGANTA DA SERPENTE **141**
Primeiro dia na casa de Luane 143
Tiro no rumo certo 145
Quem é o bandido? 150
Recado do Lâmpada 151
O segredo do porão 153
Frutas no almoço 155
Sorriso perfumado 158
Esperando à beira do caminho 161
A garganta da serpente 164
Árvore-pássaro 171
Na anca de Estijano 175
A procura 180
O rumo da Kartiona 183
Cortejo dos ratos 187
Encontro com os pais 191
Um bosque ou uma fábrica 195
Você de novo! 200
Diante dos meus pais 203

PREFÁCIO
CORAGEM E IMAGINAÇÃO

Existe uma palavra que define Valdir Oliveira: Incansável. Acredita no que faz e trabalha intensamente. É um desses escritores cuja fé é imbatível. Está sempre com novas ideias, e não ideias para se realizar — são ideias realizáveis que ele próprio torna possível. O livro infantojuvenil *Cidade dos Karianthos* é um exemplo desta tenacidade incrível.

Ele se debruça sobre as ideias e não se curva diante dos obstáculos. Decide, resolve, escreve, sempre convencido de que o leitor — ou o admirador — o acompanhará. Valdir tem, por isso mesmo, um pacto secreto com o leitor. Tudo porque ele sabe o que o leitor quer e precisa.

O texto literário de Valdir Oliveira é, assim, mais do que um pacto entre ele e o leitor. É um pacto com o próprio autor.

Ao ler *Cidade dos Karianthos*, estou convencido de que é um texto necessário, daqueles que o leitor, sobretudo o público infantojuvenil, procura em seu silêncio e em sua solidão. Busca incessantemente e logo encontrará as soluções narrativas, porque já está pronto e perfeito.

Cidade dos Karianthos convence pela capacidade da imaginação, de fazer os personagens circularem dentro das cenas com muita desenvoltura e, mais ainda, com a surpresa da invenção que não conhece barreiras ou dificuldades. Basta um pestanejar de olhos de Valdir e a dificuldade estará solucionada.

Por isso posso assegurar que este é um livro para o deleite da imaginação. Em cada página se encontrará uma surpresa e, em cada surpresa, a mágica da invenção.

Raimundo Carrero
Jornalista e escritor

A fruta da vida infinita

ATINEIA E DEODOR

Desde quando nasci sou criado pela minha tia Atineia e seu esposo, o sr. Deodor. Tenho doze anos de idade e no meu registro está escrito: Kauy Diortil, nascido em Karianthos no dia 29 de fevereiro. Mas não cita o ano do nascimento. Aliás, o ano está manchado de marrom e eu não consigo enxergar os algarismos. Mas se tia Atineia e sr. Deodor dizem que tenho doze anos, então o bastante é contar para trás e terei o ano de nascimento revelado. O que também me chama a atenção é o meu nome, Kauy Diortil, curto demais, uma vez que tenho uma amiga que se chama Luane Antunes Oliveira Dantas Malaquias dos Anjos. Outros colegas da escola também possuem sobrenomes gigantescos, mas isso não é o que importa agora. O que importa é que minha tia Atineia tem como sobrenome Diortil Martineli Sotárius de Martum Karianthos. Por que será que colocou um nome tão curto em meu registro? Por que excluiu Martineli, Sotárius, Martun, Karianthos? Fiz essa pergunta e ela foi curta na resposta:

— Sobrenome complicado o da nossa família. Resolvi simplificar.

Bem, esse é apenas um dos mistérios que me acompanham há uma década. Outro mistério é o fato de minha tia ter me repreendido de maneira enfática no dia em que a chamei de mãe. Eu ainda era tão pequeno, tinha apenas um ano e meio, e lembro como se fosse agora quando ela falou:

— Não me chame de mãe, menino. Eu sou sua tia, diga titia, ou então tia mesmo, fica até mais fácil.

Desse dia em diante eu só a chamo de tia. Mas é claro que no começo essa imposição me causava certa angústia.

"Um dia vou entender porque não posso chamá-la de mãe", pensei. Aquilo me deixava, realmente, muito incomodado.

Tia Atineia não era lá muito calma nos seus afazeres. Seus movimentos pareciam os de um brinquedo que funcionava com pilhas. Ela olhava para mim sempre estressada, a voz vibrando e dizendo coisas aparentemente desconexas:

— Esse menino tem a alma de uma abelha-cachorro.

Quando completei cinco anos de idade, meus pensamentos já pareciam mais organizados e a minha curiosidade estava aguçada. Como não podia chamar a senhora Atineia de mãe se ela era a pessoa que tomava conta de mim desde quando eu nasci? E isso foi se agravando na medida em que fui conhecendo outras crianças que nunca eram repreendidas quando chamavam a mãe de mãe. E pai? Será que podia chamar o sr. Deodor de pai? Não, também não podia chamá-lo de pai, muito menos de tio. Tinha que ser tratado simplesmente como sr. Deodor.

Aquele homem de estatura gigante, pesando em torno de 120 quilos, olhos fundos e nariz esticado não costumava sorrir para mim. Tinha quase sempre uma expressão fechada, um jeito desconfiado e manhoso. Parecia estar tramando alguma coisa para se dar bem na vida. O charuto do sr. Deodor me causava arrepios, principalmente quando ele o apontava na minha direção e abria um sorriso dizendo com sarcasmo:

— A vida é fogo, menino, e você tenha cuidado para não se queimar.

O charuto aceso do sr. Deodor, apontando na direção do meu rosto, de repente fugia da minha visão quando eu recebia aquela baforada de fumaça que me deixava tonto, tossindo e tateando até tombar no meio da sala. A cena era pontuada pelas gargalhadas insanas do marido da minha tia que, por ordem dela e dele também, não podia ser chamado de pai. Mesmo quando eu, angustiado, insisti na esperança de livrar-me das incertezas.

— Sr. Deodor, eu sou ou não o seu filho?
— Sim, adotivo — ele respondeu.
— Então por que não posso chamá-lo de pai?
— Por que não vejo necessidade que use esse tratamento. Antes de ser seu pai, eu sou o sr. Deodor. E serei para todo o sempre o sr. Deodor. É melhor que me trate dessa forma, mesmo sendo eu o seu pai adotivo.

Naquele instante o sangue subiu para a minha cabeça e, com a coragem de um leão, encarei minha tia e fiz a mesma pergunta. E para meu desencanto ouvi a mesma resposta. Senti que estava condenado a carregar a certeza de não ter pai de verdade, até o fim da minha vida. A não ser que buscasse uma alternativa, ainda que isso contrariasse os interesses do casal.

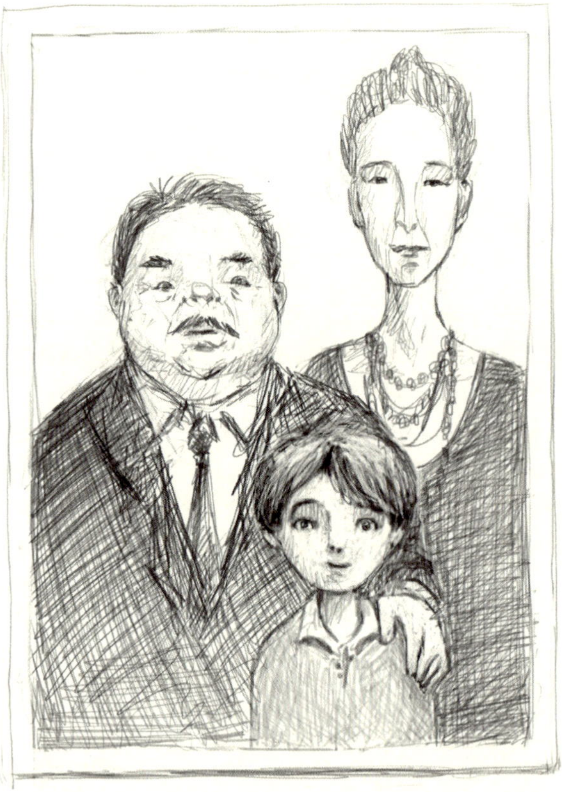

PAPA LIVROS

Minha tia Atineia não quer, mas sem que ela saiba, eu pego livros para ler. Passo na biblioteca municipal e seu Alcides, sabendo do meu interesse por contos e romances sempre facilita para que eu leve os livros para casa. Eu faço minhas escolhas, mas também acato as indicações. Sr. Alcides sabe que é segredo, que nunca minha tia e o sr. Deodor podem saber que eu leio esses livros. É principalmente no mundo dos contos de fada onde eu encontro meus verdadeiros amigos, lugares para passear e respostas para tantas perguntas que nem a senhora Atineia nem o sr. Deodor estão dispostos a me dar. Perguntei, por exemplo, qual a distância entre o olho e a visão e um unicórnio me disse que o olho enxerga o que está à sua frente e a visão enxerga o que está por trás. Perguntei qual a cor de uma ilusão e um fauno me respondeu que tem a cor de um orvalho em uma superfície multicolorida. Perguntei qual a cor da vida e uma crisálida, dentro de sua almofada de seda, me respondeu que tem a cor de uma retina, independente da menina dos olhos de quem esteja querendo enxergar os pigmentos da natureza.

Todas essas respostas me enchem de alegria e também de decepção. Por que minha tia e o sr. Deodor nunca me dão essas respostas? Eu pergunto, mas também eu me respondo: "Eles sabem que na sabedoria as pessoas podem representar ameaças.

E eles não querem ser ameaçados por mim, por isso nunca compram livros para eu ler, a não ser os obrigatórios da escola onde estudo".

Convenhamos que aos doze anos de idade ninguém é mais bobinho. A visão de uma criança dessa idade merece a maior consideração por parte dos adultos que costumam se achar superiores em tudo. Com doze anos dá para responder perguntas no mesmo nível de interpretação dos questionamentos levantados pelos seres imaginários dos romances e contos escritos ao longo de séculos. A cabeça está impregnada de pirilampos e fogos de artifício. Dá até para chegar diante de uma pessoa como o sr. Deodor e dizer para ele:

— Não pense que pensa melhor do que as abelhas que vivem nas colmeias. Pois elas se organizam e, do seu trabalho, emana o mel. O senhor, sr. Deodor, pensa apenas que ameaça com a sua fumaça de odor insuportável. Mas agora eu já tenho doze anos e a fumaça já não passa de uma expressão da sua mesquinha capacidade de afrontar as pessoas que passam à sua frente.

— Menino atrevido, seu peste que não presta para nada. — disse sr. Deodor. — Melhor seria se vivesse trancado em seu quarto, só assim não teria a petulância de dizer asneiras diante do seu pa... pa... não, pai não, sr. Deodor.

— Melhor mesmo ser órfão a ter um pai como o senhor.

— Mas você não é órfão. Eu e Atineia somos seus pais. Adotivos, mas somos. Afinal de contas estamos com você desde o dia em que nasceu.

Sempre com um discurso confuso, sem jamais falar com clareza se meus pais eram vivos ou não, sr. Deodor e minha tia Atineia resolveram comprar para mim um potente computador com internet banda larga. Entregaram-me sorrindo, como se fosse presente no dia do Natal. É claro que eu fiquei feliz pelo computador, mas também não sou nenhum bobinho para não entender o que estava por trás daquela aparente boa vontade. Eles queriam mesmo era me manter prisioneiro em meu quarto. E foi isso o que aconteceu, fui sendo absorvido pelo encanto da tecnologia do computador e passei a ficar horas e horas competindo nos games.

Com pouco tempo eu não tinha mais nenhuma vontade de passear em parques, de jogar peladas, de ir à praia. Tudo que eu queria, de certa forma, encontrava nos livros que pegava emprestado com seu Alcides e na internet.

Criei um perfil no Facebook e fiz uma ponte com o mundo. De vez em quando postava frases curiosas que poderiam ter sido ditas pelos personagens das histórias que eu lia nos livros. Mas a grande surpresa mesmo foi um dia ter sido adicionado por alguém que se denominava Lâmpada.

— Lâmpada? — perguntei.
— Sim, Lâmpada. Por que o espanto?
— Não parece nome de gente — eu digitei.
— Nem sempre é preciso ser gente para entender as pessoas.
— Não entendi. Explique-se melhor. Onde você mora?
— Moro na cidade dos objetos falantes.
— Agora entendi. Você é um objeto falante.
— Você não se espanta?
— Claro que não. Nos livros eu sempre converso com objetos falantes. E o que você quer falar comigo?
— Depois eu te falo. A net aqui tá lenta e tá chovendo muito. Abs.
— Caramba! — exclamei — Que coisa mais irada. Isso dá até uma história. Quem sabe eu não consiga escrever alguns capítulos e depois publique meu primeiro livro. Posso até pensar no título...
— Kauy, saia do quarto, venha jantar.
— Já vou, tia.

Nunca jantei com tanta pressa. Nem lembro qual o sabor da comida, mas lembro muito bem quando sr. Deodor fez uma pergunta enquanto tomava sopa deixando o macarrão escorrer pelo canto da barba:

– Você já sabe o que quer ser quando crescer, Kauy?

– Sim, já sei, sr. Deodor, eu vou ser advogado.

Sr. Deodor engasgou-se e, ao tossir espirrou jatos de sopa e macarrão para todos os lados. Eu já tinha deixado meu prato limpo quando olhei para ele e lá estava, novamente, uma nova porção de macarrão daqueles que haviam sido lançados pelo sr. Deodor. Ele pediu desculpas, e acho que essa foi a única vez que me pediu desculpas. Em seguida refez a pergunta buscando uma justificativa.

– Por que advogado? Eu acho que você leva mais jeito para engenharia ou medicina.

– É sim, Kauy, não seria o caso de rever sua opção? – perguntou minha tia em um tom que, embora interrogativo, tinha um ar imperativo.

– E jornalista? – insisti.

– Dá no mesmo – afirmou o sr. Deodor cutucando o ouvido com o cabo de uma colher.

Entendo perfeitamente porque eles não queriam que eu fosse advogado ou jornalista. Primeiro é muito difícil nossos pais escolherem a profissão certa para gente, eles sempre escolhem a profissão que seja confortável para eles. Nesse caso em particular eles não queriam que eu raciocinasse como advogado e nem como jornalista porque são profissionais que investigam os fatos e sempre levantam suspeitas quando o curso das coisas sofre algum desvio. Minha tia e sr. Deodor são pratos cheios para uma profunda investigação. Então, mesmo sem ser advogado ou jornalista eu decidi desvendar os segredos que eles sempre escondem de mim.

TEMPO PÁSSARO

O tempo voa como uma ave. Num piscar de olhos eu deixei de ser criança e tornei-me um adolescente, coisa que não me incomoda porque eu acho que crianças e adolescentes têm muita afinidade. A adolescência recebe de forma saudável a infância da gente e o mesmo parece não acontecer com a velhice em relação à fase adulta. No meu caso ser criança ou adolescente é tão simples quanto ligar ou desligar meu computador. E por falar nele, eu o liguei e lá está, mais uma vez, meu amigo Lâmpada.

– Decidiu sua profissão? – ele digitou.

– Lâmpada, por que essa pergunta logo de cara? Adivinhou que meus tios estão pegando no meu pé?

– kkkkkkkk

– O que foi?

– Nada não. É que eu achei engraçado quando você disse que eles estão pegando no seu pé. Dá um chute.

– Ficou maluco, foi?

Estranhei a intimidade com que o Lâmpada dialogava comigo, mas logo fui me acostumando com o jeito brincalhão do meu amigo objeto. Ele me divertia muito no bate-papo e também revelava segredos importantíssimos sobre minha família. O mais bombástico foi quando falou que conhecia meus pais. Pensei que falasse da tia Atineia e do sr. Deodor, mas não, ele estava falando de uma história muito mais intrigante.

– Venha até aqui na cidade dos Karianthos – ele convidou.

– Cidade dos Karianthos? Fazer o quê?

– Como fazer o quê? Na cidade dos Karianthos o que não falta é o que fazer.

– Meus pais não querem que eu saia de casa.

– Desconfie do que dizem seus pais – ele insistiu. – Faça isso em um dia de aula e eles pensarão que você está na escola.

– Que absurdo. Você está me pedindo para queimar aula? Nunca farei isso.

– Tem razão. Isso também não combina comigo, é que às vezes esqueço dos bons princípios ensinados por meu pai.

– Pai? Você tem pai? – perguntei curioso.

– O Poste – respondeu eufórico o meu amigo Lâmpada.

– Caramba, ser filho de um poste deve ser muito bom.

– É bacana, sim, meu pai é firmeza, um cara do mais alto nível. Mas olha, você vem ou não vem me visitar?

– Vou dar um jeito, passa o endereço que qualquer hora eu chego aí – digitei sem titubear.

– Abs.

Foi assim que ele se despediu. Tentei reatar o papo, mas ele estava off-line. Fiquei preocupado porque não havia deixado endereço. Levantei, tomei uma água, voltei ao computador, fui na caixa de mensagens e lá estava o endereço.

PREPARANDO A VIAGEM

Senhora Atineia e sr. Deodor jogavam tênis em uma quadra na área de jardim da casa onde moravam. Os olhos dos dois não enxergavam nada além da bola quicando de um e do outro lado da rede. Aproximei-me e fiquei observando o estado de concentração dos dois. Um, dois, três sets e nada deles olharem de banda, até que resolvi interromper.

— Parem que eu preciso falar.

Sr. Deodor se desconcentrou e acabou tomando uma bolada na testa, além de perder o set. Como não podia ser diferente, ficou uma fera e partiu para onde eu estava, com seu corpo pesado e com a raquete erguida na direção da minha cabeça.

— Pare, Deodor, não bata no menino — disse tia Atineia. — Você perderia a partida de todo jeito. Eu sempre sou superior a você em tudo.

Ele se calou. Baixou a raquete e saiu derramando suor pela grama até entrar em casa. Tia Atineia é que, fitando-me, quis saber o que eu tinha a dizer.

— Na verdade, tia, eu queria saber se vocês estão programando alguma viagem. Assim, uma viagem distante, tipo Paris, Londres ou Nova York para se divertirem um pouco. Tenho achado vocês tão estressados, até mesmo quando estão jogando tênis tenho a impressão de que não conseguem relaxar.

– Você tem razão, Kauy, nós estamos mesmo precisando nos divertir. Mas você não vai com a gente, digo logo antes que pergunte se eu deixo. Vou falar com Deodor para fazermos uma viagem maravilhosa em um cruzeiro. Eu e ele mais do que merecemos. Você fica, afinal de contas, tem o seu computador, não é?

– Tem bronca não, tia, eu não faço questão. Na net eu tô no mundo.

Ela não desconfiou de nada. Naquela mesma semana marcou a passagem e começou a comprar coisas para eu comer enquanto estivesse fora. Encheu a geladeira de salgadinhos, doces, sanduíches, refrigerante e frutas.

– Pronto, de fome você não morre. Tem comida aí que dá para passar um mês. Agora não saia de casa nem em sonhos.

– Se desobedecer levamos você para um abrigo de menores delinquentes – ressaltou sr. Deodor.

– Não se preocupem, farei apenas o que pede o bom senso – afirmei com prazer.

Tia Atineia e sr. Deodor olharam entre si desconfiados, mas preferiram não prolongar a conversa. Seguiram para o quarto deles para arrumar as malas e eu voltei para o meu, tirando imediatamente o computador da tela de descanso. Queria dar a notícia ao meu amigo Lâmpada, mas ele permanecia off-line. Então fiquei esperando o tempo passar, pesquisando a distância daqui até Paris, de Paris a Londres e da Europa até os Estados Unidos. Tive a certeza de que mais perto estava a cidade dos Karianthos, para onde eu seguiria tão logo meus pais embarcassem ao continente europeu e à América do Norte.

BICICLETAS

Talvez fosse perto, mas talvez fosse infinitamente longe. Não dava para adivinhar a distância até a cidade dos Karianthos. Até porque meu amigo Lâmpada nunca havia me falado sobre isso, nem tampouco deixado algum mapa para eu me guiar. Tive ainda a ideia de ir ao Google dar uma pesquisada, mas nada, nenhuma pista. Mesmo assim não desisti. Preparei minha mochila, calcei um tênis número 36 que havia ganhado do Papai Noel quando eu tinha oito anos e que só agora cabia em meus pés. Perverso Papai Noel, que bem podia saber que naquele tempo eu calçava 32, e não 36. Mas já passou, ainda bem que foi desse jeito, só assim eu fiquei com um tênis nunca usado, para fazer a minha viagem misteriosa.

Além do tênis, peguei também um casaco de pele de um ursinho de pelúcia que eu havia pedido à minha tia para mandar um alfaiate costurar. Ela disse que o alfaiate perguntou por que não fazia o casaco com pele de urso de verdade, mas eu insisti com a minha tia que não aceitaria, não consigo imaginar um urso sendo assassinado somente para a sua pele virar casaco de frio. Como meu ursinho de pelúcia era enorme, media mais de um metro e eu não mais brincaria com ele, porque havia passado daquela fase para a do computador, então pedi para a minha tia o casaco com a pele dele. Ainda bem que foi desse jeito, só assim eu fiquei com um casaco de pelúcia.

Um chapéu também seria necessário, mas eu nunca havia usado chapéus. Pensei em pegar o boné que o sr. Deodor costumava usar para jogar tênis, mas é claro que não faria aquilo. Nem sei como essa ideia maluca passou pela minha cabeça. Acabei colocando uma fita onde estava escrito: abelha que vive à toa não sabe nem porque voa. Talvez um dia eu entendesse melhor o significado daquela frase que escrevi sem saber o porquê.

Finalmente a calça: e calça eu não quis. Preferi uma bermuda cheia de bolsos que ganhei da minha colega de escola Luane, em uma festinha de amigo secreto. Essa bermuda tinha para mim um significado muito especial porque em um de seus bolsos Luane deixou um bilhete onde estava escrito a minha frase maluca:

Abelha que vive à toa não sabe nem porque voa.

Quem sabe um dia eu entenda melhor o significado daquela frase criada por mim e escrita na fita por minha amiga Luane Antunes Oliveira Dantas Malaquias dos Anjos. Penso que meu amigo Lâmpada talvez possa me dar uma luz.

Juntei tudo, coloquei no bagageiro da bicicleta, passei a chave em todas as fechaduras da casa e peguei no guidão do meu veículo de duas rodas. Antes de passar a perna, testei a buzina e ouvi uma outra buzinada em sinal de resposta.

Olhei de lado e lá estava Luane, também montada em uma bicicleta prateada, sorrindo e pronta para seguir viagem. Tinha uma mochila nas costas, usava um short jeans, um boné, uma garrafa com água para beber e respostas na ponta da língua.

– O que você ta fazendo aqui, Luane?
– Esperando você para gente viajar.
– Viajar, como soube?
– O Lâmpada me falou.
– O Lâmpada? Como assim? Você o conhece?
– Claro que o conheço. Ele me adicionou e a gente conversa de vez em quando. Ele falou que também conversa com você e disse para gente seguir junto para a cidade dos Karianthos.

— Caramba, então quer dizer que não vou embarcar sozinho nessa aventura?

— Não, Kauy, a gente vai junto para enfrentar o que der e vier. Essa viagem pode ser muito perigosa e não podia nunca deixar que você partisse sozinho.

— Tudo bem, Luane. Mas e seus pais, eles estão sabendo?

— Não, eles viajaram em um cruzeiro e pensam que eu fiquei em casa, preso ao computador.

— Então, minha amiga, estamos livres.

— Livres para desvendar os mistérios da cidade dos Karianthos — disse ela com toda empolgação.

Assim subimos nas bicicletas e tomamos a direção Norte, entre as árvores que floresciam naqueles dias de primavera.

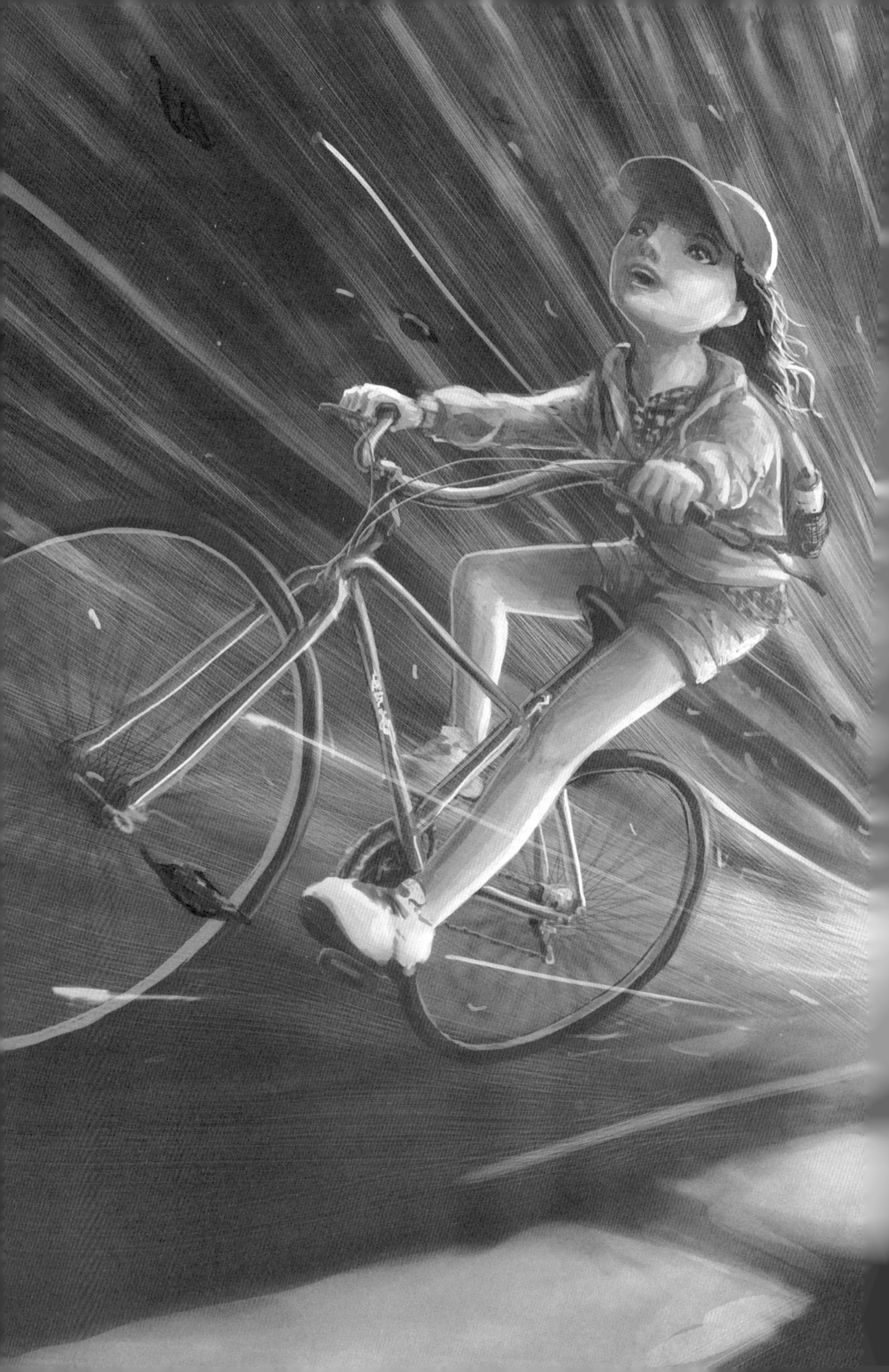

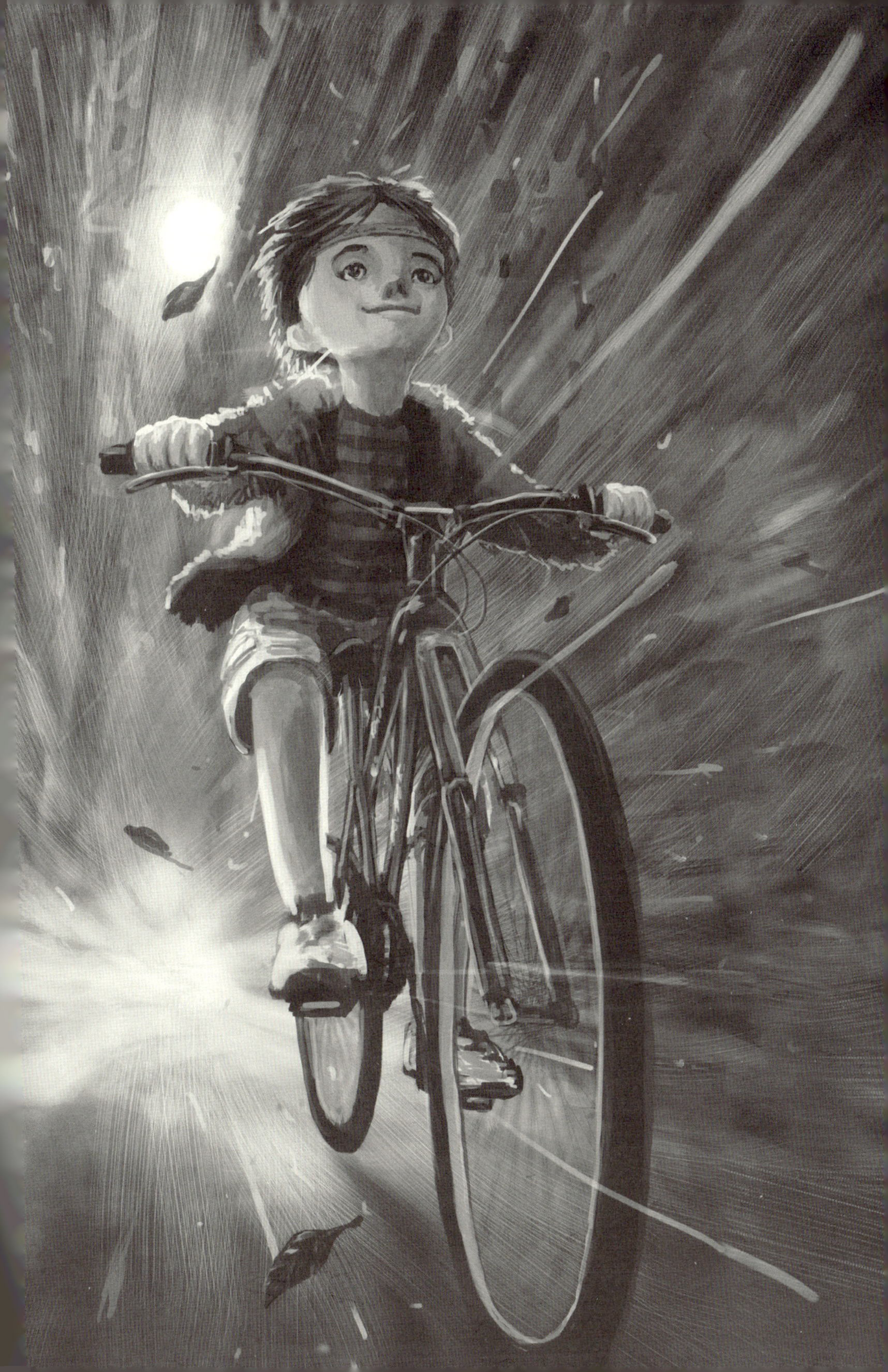

ATÉ KARIANTHOS

    Nossas bicicletas pareciam motocicletas porque, além de andar muito depressa, não nos causavam cansaço, pelo menos nas três primeiras horas de pedaladas. Talvez porque nos divertíamos muito comentando as infantilidades dos pais de Luane e também as da minha tia Atineia e do sr. Deodor.

— Ela não é feia, pelo menos naquela foto que você postou no Instagram eu achei ela bem bonita, elegante. Não sei como pode ser uma pessoa do mal — disse Luane referindo-se à minha tia Atineia.

— Isso tem nada a ver. Conheço pessoas bonitas que são terríveis e pessoas feias que são muito legais. Minha tia é bonita e, não digo que seja do mal, mas é muito estranha. Já o sr. Deodor, ele é horrível e é também muito maldoso.

— Ele já lhe fez mal?

— Sempre faz. E o que mais me apavora é quando ele aponta o charuto aceso para os meus olhos e solta uma baforada de fumaça na minha cara. Urr, que ódio.

— Calma, Kauy, não pode ter ódio nessa estrada tão bela — disse Luane tentando me fazer voltar a descontrair. E conseguiu.

Havia na beira da estrada um casal de saguis fazendo acrobacias com bananas nas mãos. Ao nos ver passando, um deles jogou uma com delicadeza para mim e é claro que eu não podia rejeitar. Imediatamente parei minha bicicleta, Luane parou a dela e eu a ofereci o presente que tinha recebido. Um outro sagui me deu mais uma banana. Comemos e, revigorados, perguntei ao sagui para que lado ficava a cidade dos Karianthos. Ele apontou com uma banana, agradecemos e continuamos a nossa viagem.

Agora era um túnel de árvores que surgia à nossa frente. Pedalamos mais fortemente e nossos pés já imprimiam uma velocidade além do que seria humanamente possível. Provavelmente aquelas bananas continham alguma substância energética que nos dera poderes para pedalar com tanta força. Os pedais giravam como hélices de ventilador. Os cabelos de Luane esvoaçavam, minhas bochechas tremiam com a força do vento. Ainda tentei perguntar a Luane se estava tudo bem, mas as palavras não saíam. Impossível abrir a boca para dizer alguma coisa naquela velocidade. As árvores eram apenas vultos na margem da estrada e, de repente, sumiram. Nossas pedaladas tornaram-se lentas, o céu surgiu novamente, bem azulado, as plantas tinham as flores da primavera, lagos podiam ser vistos nas margens da estrada e, mais adiante, algumas construções revestidas de folhagens. Dobramos à direita e encontramos uma senhora sentada debaixo de uma árvore cantando.

> Agué kauê kundum
> Mari zalê bantu
> Mulê kerê gali
> Girê molé zuni

> Agué kauê kundum
> Mari zalê bantu
> Mulê kerê gali
> Melan, molé zuni

A melodia se repetia. Fizemos sinal para chamar a atenção dela que parecia estar com os olhos bem abertos, mas ela não esboçava qualquer reação.

— Ela deve ser cega, Kauy — alertou Luane.

— Não, os olhos dela brilham. Deve estar tão concentrada em sua música que não consegue nos ver.

— Ei, senhora — disse Luane.

Eu também a chamei.

— Senhora, senhora, pode nos ouvir?

— Ela ouve, mas não escuta — disse um anão que surgiu de trás de uns pés de bananeira plantados ao lado da casa daquela senhora.

— Quem é você? — perguntou Luane, assustada.

— Eu sou o esposo dela, Zalê Zuni.

Luane não conteve o riso e perguntou sem medir as palavras.

— Esposo dela, como pode ser, você, desse tamanho e tão gordinho, mais parece uma melancia e ela assim tão grande e tão magra, parece até uma vara de bambu.

O anão ficou vermelho de raiva e encarou Luane, falando grosso.

— Eu não pareço uma melancia, menina, e minha esposa também não parece um bambu. Eu sou uma melancia e me chamam de sr. Melan. Minha esposa é uma vara de bambu, mas devem chamá-la de dona Bambuzeira. Se somos diferentes isso não lhe diz respeito. Aliás, respeite as diferenças.

Para diminuir a tensão eu procurei entrar na conversa deixando claro que nem eu nem Luane queríamos causar qualquer problema ao sr. Melan e à dona Bambuzeira.

— Desculpe, senhor, nós não somos inimigos. Estamos aqui por uma causa muito nobre, vindos de longe, pedalando essas bicicletas. Já estamos até muito suados e com sede depois de tanto andar...

— Vocês não vão me partir em fatias nem tampouco me estourar no chão para beber minha água — disse sr. Melan, assustado, ao que respondi com esmero para acalmá-lo.

— Claro que não, senhor, nós trouxemos água. Jamais faríamos uma desfeita dessa. Se depender de nós dois viverá por toda a eternidade.

— Tudo bem, o que vocês desejam?

— Queremos saber onde fica a cidade dos Karianthos — disse Luane.

— Mas vocês já estão na cidade dos Kariantos, o melhor lugar do mundo para se viver.

— Mas como? Uma cidade sem edifícios, sem engarrafamentos, sem rodovias asfaltadas e viadutos?

— Mas é uma cidade sim. A nossa cidade não precisa ser igual às outras para ser uma cidade.

— Tudo bem. — eu disse e logo perguntei entusiasmado — Então, você conhece nosso amigo Lâmpada?

— Lâmpada, não, não conheço. Mas sei que à noite sempre fica uma luz acesa naquela casa ao lado da colina do Kundun.

— Colina do Kundun, que nome estranho!

Foi então que comecei a associar os nomes com a letra da música da senhora Bambuzeira. Aparentemente desconexas, as palavras tinham seus significados, pois tanto a colina do Kundun quanto o nome do sr. Melan faziam parte das estrofes. O que não consegui entender foi porque ela nunca parava de cantar e ficava sempre repetindo os mesmos versos e a mesma melodia. Talvez um dia eu descubra esse mistério. E enquanto não tenho a resposta — pensei — melhor seguir com Luane até a colina do Kundun para encontrar a casa do nosso amigo Lâmpada.

— Obrigado, sr. Melan — agradeci. — Espero que viva feliz e por muitos anos na companhia de sua esposa, ouvindo essa melodia encantadora.

Parece que ele percebeu uma certa ironia. No fundo eu acho que não suportava mais ouvir aquela cantilena, mas como era casado há muitos anos, acabou ficando preso à situação e tendo de ouvir, de saco cheio, a mesma melodia até que a morte os separasse.

Agué kauê kundum
Mari zalê bantu
Mulê kerê gali
Melan, molé zuni

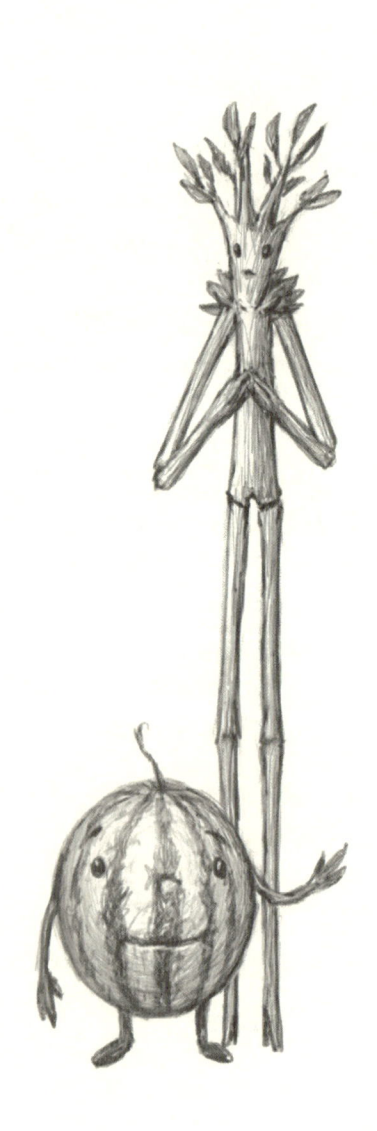

A FRUTA DA VIDA INFINITA

À medida que a tarde ia cedendo lugar à noite, a luz que provinha da colina do Kundun ficava mais intensa. Ela nos atraía como açúcar a formigas. Pedalamos, pedalamos e o lugar parecia mais distante do que imaginávamos. Tanto é que depois de uma hora de estrada tivemos, mais uma vez, que realizar uma parada técnica. Eu quis fazer xixi e Luane também. É claro que ficamos envergonhados, eu não sabia como dizer que queria urinar e minha companheira, menos ainda. Então conversamos só com nossos olhares. Ela entendeu que eu iria para trás de uma árvore e eu entendi que ela iria para trás de uma outra.

Deixamos as bicicletas deitadas na estrada, seguimos e iniciamos aquele ritual do qual ninguém consegue escapar. Enquanto eu fazia xixi fui imaginando Luane fazendo o mesmo, mas parei logo para não confundir as coisas.

"Luane é apenas minha amiga", pensei.

Censurado por mim mesmo, sacudi a cabeça, pus as calças no lugar e voltei ao local onde tanto eu quanto ela deixamos as bicicletas. Dei um tempinho, que era o suficiente para que Luane também tivesse feito a sua necessidade, e ela não apareceu.

– Luane – falei ainda em um tom sóbrio. Mas não tive resposta. – Luane – insisti e tive novamente o silêncio como retorno. – Luaaaaaaneeeeeeeee – gritei no maior volume de minha voz e ouvi apenas um grunhido que também não consegui identificar de quem poderia ser. Mas era um ruído estranho e extremamente intenso. Talvez o canto de uma ave noturna, ou quem sabe o urro de um animal feroz. Foi nesse pensamento que entrei em pânico. Mesmo que Luane estivesse agachada fazendo xixi, teria de perdoar a minha invasão de privacidade, já que eu estava apavorado com a possibilidade de que ela tivesse sido atacada por um animal selvagem. Corri até a árvore onde ela se escondeu e o local estava vazio.

– Luaaaaaaaneeeeeeeee – insisti, me esgoelando.

Passei minha vista entre os troncos e as copas das árvores com o coração pulsando acelerado. A lua despontava e, não fosse isso, certamente não conseguiria dar nem um passo além daquele lugar onde havíamos parado. Mas, para onde seguir? Olhei para o chão e naquela penumbra de noite enluarada não dava para enxergar qualquer pista. Parei por um instante e tomei uma decisão.

– Vou seguir na direção da própria lua – achei o mais prudente, mas logo tive meu pensamento interpelado.

– Isto seria o óbvio. Sendo você eu tomaria o sentido oposto.

– Quem esta falando? – perguntei olhando para o alto que era de onde partia a voz do meu estranho interlocutor.

– Penso que não importa quem lhe fala, mas o que lhe falo neste instante. Se quer libertar sua amiga, siga o caminho oposto e vá rápido. Mas não esqueça de levar isto aqui para o malfeitor.

A voz me disse apenas isso e deixou cair uma fruta de casca transparente contendo um líquido que parecia uma geleia clara e que exalava um odor muito forte, mas agradável. Quase que hipnotizado, consegui reter a fruta em minhas mãos antes que se espatifasse no chão. O curioso é que aquele cheiro me despertava uma vontade imensa de degustar a tal fruta.

Uma tentação incomensurável. Fiquei ofegante e quase que esquecendo o que me dissera aquela voz, levei a fruta na direção da minha boca sendo novamente interceptado.

– Se isto fizer, jamais terá sua amiga de volta. Esta é uma alcava, uma fruta muito cobiçada, mas também muito perigosa. Quem provar dela sem que esteja realmente necessitado, poderá se dissolver como o sal em um copo de água.

– Mesmo que seja alguém do mal, como esse "não sei quem" que capturou Luane? – perguntei.

– Sim, alcava não faz distinção entre o mal e o bem, por isso é tão cobiçada pelos vilões que tem sede de supremacia.

– E por que alguém trocaria essa fruta por uma prisioneira? – insisti.

– Porque ela contém a fórmula da vida infinita. Basta uma mordida na alcava e o vivente adquire poderes para jamais sucumbir à morte.

– Que interessante!

– Mas não perca tempo, ande, porque se demorar mais um pouco pode ser tarde demais.

Tomei coragem e segui no sentido oposto ao da lua. Os troncos formavam um túnel e todas as folhas se moviam como se fossem mãos indicando o lugar por onde eu deveria seguir. Ouvia aquele som de um bicho estranho, agora em coro. Vários grunhidos e silvos surgiam das copas das árvores em uníssono, formando uma espécie de melodia soturna e indecifrável. Alguns galhos aproximavam-se de minhas mãos como se quisessem roubar a fruta alcava. Todas as tentações somente serviam para que eu andasse cada vez mais depressa e determinado a salvar Luane.

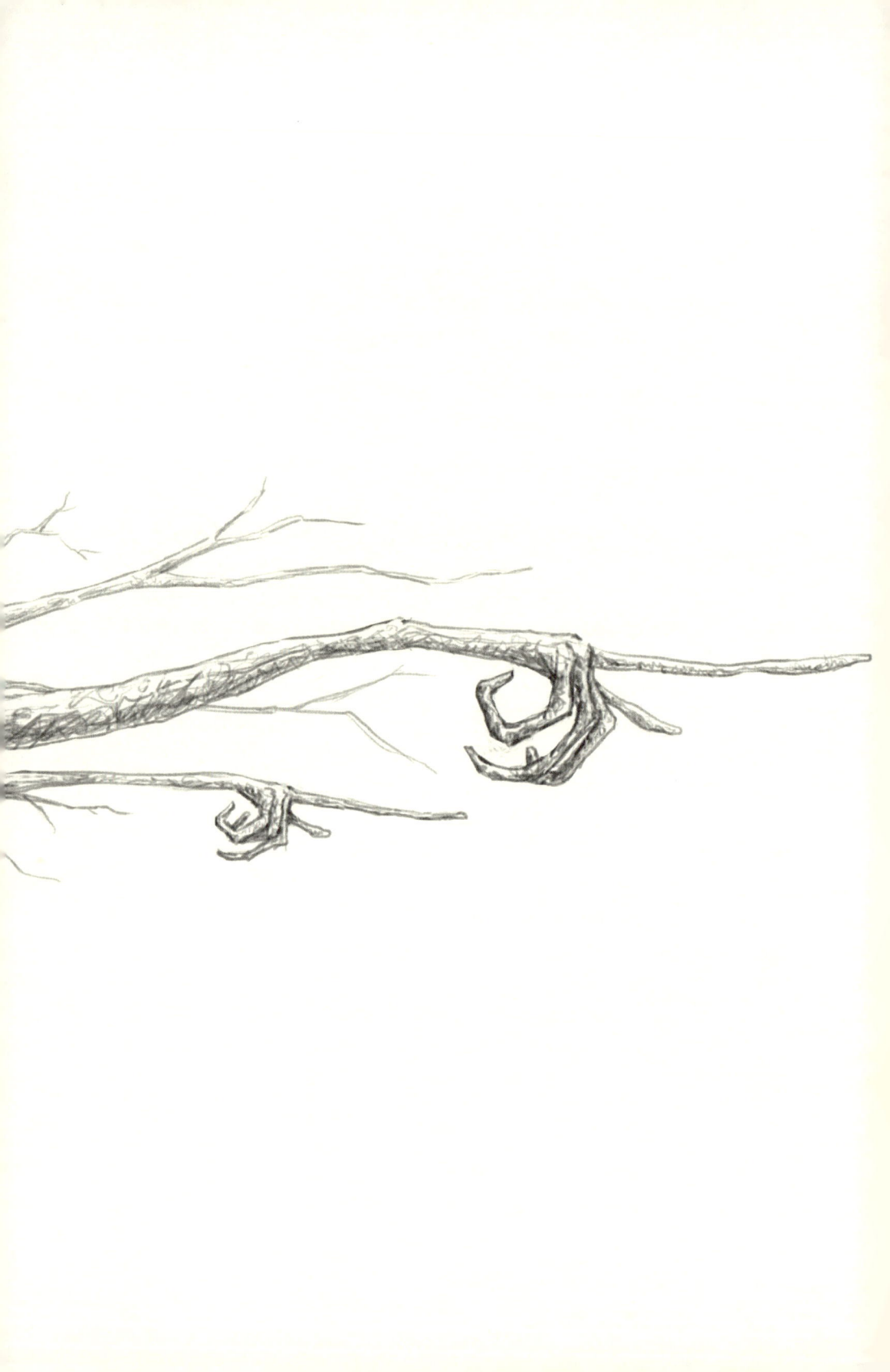

O VÃO DO MONSTRO GOSMENTO

Havia um cheiro de mofo horrível, mas também havia cheiro de carne podre. Não dava para decifrar se carne humana ou de outros bichos da floresta, sabia apenas que era um cheiro de carne em estado de decomposição. Tomei o maior susto quanto topei em uma caveira logo na entrada daquele vão enorme com um clarão ao fundo. As paredes eram revestidas por uma gosma que pingava como catarro. Espirrei, meus olhos ficaram vermelhos e um frio, penso que de no mínimo um grau abaixo de zero, foi fazendo com que meus lábios tremessem. O que me confortava era a luz no fim do túnel, era lá onde provavelmente estaria Luane. Tentei acelerar os passos, mas a gosma esverdeada no chão grudava em meu tênis impedindo que eu avançasse com velocidade.

— Que nojo! — eu teria dito se houvesse tempo para isso. Mas não, o que saiu da minha boca foi quase um sussurro. No mais baixo volume de minha voz pronunciei o nome de minha amiga.

— Luane.

O lânguido corredor potencializou minha voz como se eu tivesse falado ao microfone de um trio elétrico. A voz estrondou de tal forma que tive de tapar os ouvidos.

"Estou perdido", pensei. "E não apenas eu, a minha amiga também, claro".

Naquele instante a entrada do túnel escureceu e por trás de mim surgiram uns bichos enormes, também lânguidos como lesmas, mas cheios de pernas e os olhos luminosos. Caras horríveis soltavam ruídos semelhantes aos que eu escutava na floresta. Foi quando eu consegui acelerar um pouco os passos até chegar àquela luz do fim do túnel. Ela era o começo de um grande vão onde se encontrava um senhor gosmento que, assim como parecia uma lesma gigante, parecia também um humano rabugento. Os olhos dele brilhavam e pareceu feliz com a minha presença.

– Que bom que você chegou, seja bem-vindo, rapaz!

– Bem-vindo? Mas o senhor não é do mal? – perguntei ingenuamente.

– Você está me desafiando, garotinho? Pensa que sou um vilão? É muita infantilidade de sua parte entrar em meus domínios e fazer esse insulto.

– Desculpe, senhor, eu nada afirmei. Apenas fiz uma pergunta que não deveria ter feito.

– Muito bem, então pode me dar a alcava que libertarei sua amiga.

Fiquei mais animado. Vi que tinha mesmo algo muito valioso às mãos para negociar a libertação de Luane. Mas quem me garantia que entregando a fruta da vida infinita aquele monstro cumpriria a sua palavra?

– Está desconfiando de mim, menino?

– Não, eu não disse nada.

De fato não havia saído nenhuma palavra da minha boca, mas ele leu meus pensamentos. Eu precisava ter mais cuidado, pois estava mesmo diante de um monstro muito perigoso. Logo em seguida tomei coragem e o encarei.

– Quer saber de uma coisa, eu estou inseguro sim. Eu tenho a fruta da vida infinita em minhas mãos e o senhor tem Luane como prisioneira. Mas o que pensei é a verdade, liberte primeiro a minha amiga e somente depois que atravessarmos o túnel das lesmas é que entregarei a alcava.

— Tudo bem, mas saiba que se não cumprir o prometido, jamais terá sossego na vida. Estarei no seu encalço e o farei o mais infeliz dos humanos.

Os grunhidos e silvos voltaram e junto com eles a minha amiga pálida e debilitada.

— O que vocês fizeram com ela? Vamos, respondam — insisti.

— Ela ficará bem depois que você cumprir o prometido. A garota será conduzida até a entrada do túnel e depois que entregar a alcava, ela recuperará suas energias — disse o monstro gosmento.

Acreditei que falasse a verdade e seguimos. Um bocado de lesmas dos olhos luminosos conduziam, logo atrás, a minha amiga Luane. Ela parecia nada reconhecer, embora tivesse os olhos abertos. E quando chegamos no lado de fora lembrei de algo muito sério que a voz do corpo invisível me dissera no bosque onde ficaram as bicicletas:

Use a fruta como isca, mas não a entregue ao monstro gosmento. Ele não pode viver para sempre importunando as pessoas. A fruta só deve ser degustada por pessoas do bem numa situação de extremo apuro.

Sendo assim eu não poderia cumprir o que havia prometido. E sempre honrei minha palavra. Estava num dilema, o que fazer? As lesmas dos olhos luminosos já se esticavam como elásticos para receber a fruta e eu a retinha, apertando-a com muita força. Pedi que deixassem Luane vir até mim e assim o fizeram. Ela parecia sonâmbula, mas caminhou. Abracei-a. As lesmas se esticaram mais energicamente e com caras de más, exigindo a fruta da vida infinita. Perceberam que eu não entregaria e então atiraram porções esverdeadas de uma gosma fedorenta que só não nos imobilizou porque fomos içados por um galho de árvore. Os ruídos de grunhidos e silvos se intensificaram. As lesmas tentaram nos pegar de volta mas os galhos de árvores que tinham forma de mão, os mesmos que me mostraram o caminho até o vão do monstro gosmento, foram nos passando de galho em galho até despistar as lesmas e nos deixar novamente no bosque onde haviam ficado as bicicletas.

— Ufa, ainda bem que chegamos — disse. E a voz do corpo invisível interagiu.

— Acho que você tem um bom motivo para usar a fruta que tem às mãos.

— Sim, voz amiga, tenho sim. Luane precisa ser salva, ela está muito debilitada.

— Exatamente, se não comer a fruta da vida infinita, poderá morrer a qualquer instante — alertou a voz do corpo invisível.

Então não contei história, levei a alcava até a boca de Luane e pedi que desse uma mordida. Ela não reagiu. Foi quando lembrei do cheiro que induzia à degustação e aproximei a fruta do nariz dela. Luane abriu a boca e então não tive mais trabalho. Ela deu uma primeira mordida, a segunda e outras até ficar somente a semente, uma semente apenas, minúscula, mas que poderia ser muito valiosa naquele lugar de acontecimentos tão inesperados.

— Kauy, o que houve? Você veio me ver fazendo xixi, seu taradinho?

— Não, Luane, sabe o que foi? É que...

Tentei explicar e àquela altura o que escutei foi a gargalhada da voz do corpo invisível.

— Quem está rindo? — perguntou Luane assustada.

— É uma longa história, no caminho eu lhe conto. Agora vamos embora para a colina do Kundun enquanto a lâmpada está acesa.

Subimos nas bicicletas e após a primeira pedalada ainda ouvimos a voz estridente do monstro gosmento.

— Traidor, mentiroso, não cumpriu sua palavra e vai pagar caro por isso.

— Quem está falando, Kauy?

— É outra história que também eu conto depois. Agora temos de acelerar. Corra, Luane, me acompanhe se quer bem à sua vida.

Os dois aceleraram as bicicletas e se afastaram daquele lugar numa velocidade supersônica.

A UM PASSO DE KUNDUN

Seguíamos acelerados e, aos poucos, a voz do monstro gosmento foi se dissipando.

— Ufa, estamos livres desse monstro horrível — eu disse, e tive de escutar de Luane a mesma curiosidade.

— Que monstro, Kauy?

— Você não escutou a voz dele?

— Escutar escutei, mas não vi nada. Fale logo, o que aconteceu? — ela insistiu em um tom de grande desaprovação aos meus rodeios.

Contei tudo e Luane arregalava os olhos a cada revelação. Reconheceu que estava hipnotizada e que, não fosse minha coragem e o poder da fruta da vida infinita, poderia estar morta àquela altura. Pareceu mais animada ainda quando lhe falei exatamente da alcava que lhe assegurava uma vida sem fim.

— Então, Kauy, por ter comido a alcava, agora sou imortal?

— Bem, isso foi o que a voz do corpo invisível me falou. Se é verdade só saberemos diante de algum fato. Mas é melhor não se confiar, vai que essa história de vida infinita é apenas uma lenda!

Luane concordou com a minha precaução e sorriu. Nesse instante ouvi um sinal em meu celular. Diminuí a velocidade da bicicleta e consegui ler a mensagem:

Chegaremos amanhã.
— Meu Deus — eu disse espantado. Como pode ser? Tia Atineia e o sr. Deodor saíram de casa hoje para uma viagem pela Europa e pelos Estados Unidos e já chegam amanhã! Tem alguma coisa errada, Luane.
— Deve ser o tempo que passa diferente aqui na cidade dos Karianthos. Acho melhor não se preocupar, pode ser que esse amanhã demore a chegar.
— Nisso você tem razão. Não vou preocupar-me com isso, mas se quando eles chegarem em casa eu não estiver, aí a bronca vai ser feia.
Aceleramos as bicicletas que, de tão velozes, pareciam flechas de Robin Hood se infiltrando pela floresta. O que não prevemos foi a passagem de um bando de porcos-espinhos em nossa frente, o que acabou estourando os pneus.
— Maldita hora para esses espinhentos atravessarem a estrada — disse aborrecida Luane.
— Não fale assim, Luane, esse é o lugar deles, nós é que somos os intrusos.
— É, você tem razão. Mas bem que eles poderiam ter deixado a gente passar primeiro.
Não dei ouvidos aos argumentos inconsistentes de Luane e preferi cuidar de remendar os pneus. Precisaria de cola, mas tinha esquecido de colocar na minha caixinha de ferramentas. Olhei para o lado e vi em uma pedra uma gosma deixada por uma lesma que havia acabado de passar por ali. Passei um pouco nas câmaras de ar das duas bicicletas e o resultado foi perfeito. Devolvi as câmaras de ar aos pneus que agora precisariam ser enchidos de ar.
— Essa é a hora mais difícil, Luane — eu disse encostando minha boca no pito e começando a assoprar.
Luane foi fazendo o mesmo no pneu da bicicleta dela e logo estava mais vermelha do que um tomate.
— Eu não consigo, Kauy.

— O pior é que eu também não estou conseguindo.
— E agora, o que vamos fazer com essas bicicletas com os pneus vazios? — perguntou Luane sentando no chão e recompondo a sua cor original.
— Vamos deixá-las aqui e seguimos o resto do caminho a pé.
— Tudo bem, mas vamos ter que correr, esqueceu que seus pais já retornam amanhã?
— Verdade, Luane. Vamos.
Corremos como atletas. Nossos pés pareciam os pneus das bicicletas antes da passagem dos porcos-espinhos.
Instantes depois apontei, mostrando a Luane a casa ao pé da colina do Kundun. Uma mansão com muitas flores no jardim, algumas árvores também floridas na entrada e pedras naturais de onde jorrava água e um silêncio.
— Tem alguém aí? — perguntei batendo palmas.
Luane também fez a mesma pergunta e, como eu, bateu palmas, mas o silêncio era a resposta. Como ninguém dava as caras, fomos entrando. A porta estava fechada. Mexemos no trinco, mas realmente a fechadura não cedia. Nada anormal, afinal uma casa como aquela não era para se deixar aberta. Mas então, por que deixaram uma lâmpada acesa no quintal? — pensei e logo ouvi a voz de Luane que já estava caminhando ao lado da casa.
— Kauy, por aqui, venha. A lâmpada está acesa no quintal.
Até aquele instante eu não imaginava que a lâmpada acesa fosse exatamente o meu amigo da internet. E foi preciso que o ser iluminado se identificasse para que as coisas ficassem mais claras.
— Kauy, Luane...
Ao ouvirmos a voz olhamos assustados para o alto do poste e lá estava nosso amigo feliz com nossa presença.
— Que bom que vocês vieram, temos muito o que conversar.
— Então você é o nosso amigo da internet mesmo? — perguntou Luane.

— Claro, e estou muito feliz por ter chegado o momento do nosso encontro. Você, Kauy — disse olhando firme para mim — não faz ideia dos mistérios que envolvem a sua família. Seus pais também vão ficar muito felizes com a sua chegada.

— Meus pais! — exclamei espantado. — Pelo que sei meus pais já faleceram, como pode afirmar que eles ficarão felizes com a minha presença?

— Vamos por parte, amigo. Sentem um pouco, por favor.

Naquele instante senti um calor enorme subindo pelo meu corpo. Luane olhou para mim com a expressão de quem não entendia bem o que estava acontecendo. Sentamos em um banco que estava logo abaixo do poste como que nos esperando para aquela conversa reveladora.

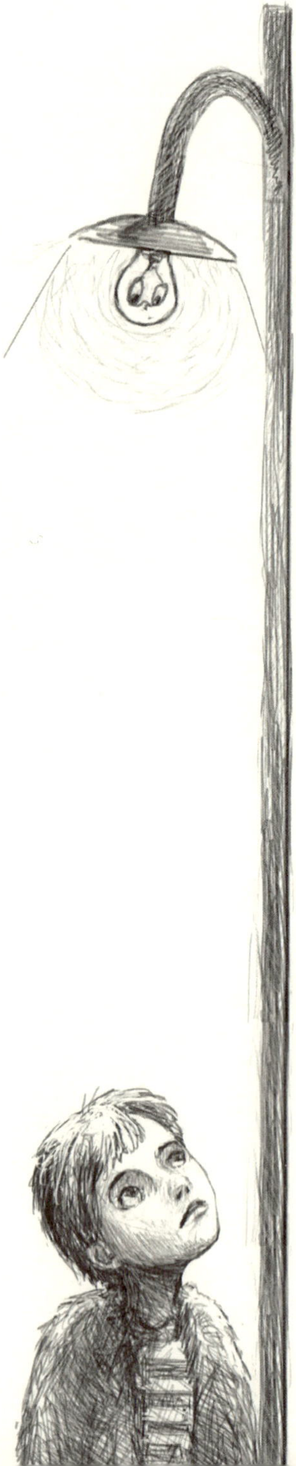

AQUI TEM UM GRANDE MISTÉRIO

    Meu amigo Lâmpada começou aquela longa história dizendo que meus pais sabiam, desde quando eu fui gerado, que não teriam como acompanhar o meu crescimento, porque estavam acometidos por uma doença degenerativa que os faria sucumbir em pouco tempo. Assim sendo teriam que se apressar para entregar-me à tia Atineia que teria a missão de cuidar de mim até que eu me tornasse adulto.

— E por que não me deixou com a minha avó. Aliás, eu tive avó?

— Não Kauy, quer dizer, teve, mas ela faleceu antes de seus pais, acometida pela mesma doença. Por isso você não chegou a conhecê-la. A pessoa mais recomendável, na visão de seu pai, era sua tia Atineia. E foi isso o que ele fez.

— Meu pai não era muito inteligente.

— Claro que era. Possivelmente o homem mais inteligente de sua época. Um cientista especializado em biologia humana, conhecedor profundo de toda a anatomia do corpo, bem como das funções neurológicas. Para você ter uma ideia, seu pai era PhD em genética e desenvolveu estudos e técnicas super avançadas de clonagem e cruzamentos do genoma humano.

— Tudo bem, mas só não entendo como uma pessoa tão inteligente, como você diz, não percebeu que tia Atineia é exatamente o oposto.

— Ele não tinha tempo para investigar o comportamento da irmã dele, todo o foco dos seus estudos era no campo da genética.

— Mas e a mãe de Kauy, por que ela faleceu da mesma doença que o esposo? — perguntou Luane, que estava atenta ao nosso diálogo.

— Isso é um mistério que nem os médicos conseguiram desvendar. Realmente, teria sido uma coincidência muito grande sua mãe, Kauy, ter sido acometida pelo mesmo mal que tirou a vida de seu pai, uma vez que se tratava de uma doença hereditária.

— Lâmpada — perguntei apreensivo — quer dizer que eu também terei a mesma doença que levou meus pais à morte?

— Nunca se sabe. Mas o aconselho a não considerar essa possibilidade. Você ainda está muito novo. Viva a sua vida plenamente que o futuro é sempre um incógnita.

— Você tem razão, Lâmpada — disse Luane querendo me acalmar.

Veio um momento de silêncio, parecia que havíamos esgotado o assunto. Levantei, fui a uma roseira e colhi uma flor para Luane. Ela recebeu com um sorriso. Sentei novamente e resolvi retomar a conversa com o Lâmpada.

— Gostaria de visitar o túmulo dos meus pais.

— Não existe túmulo — ele afirmou com firmeza.

Naquele instante fiquei tonto. Olhei para Luane espantado, o ar pareceu me faltar e devolvi ao Lâmpada uma nova indagação, com o sangue fervendo.

— Como não existe túmulo? Se meus pais faleceram, então foram sepultados. Você tem a obrigação de me dizer para onde eles foram levados. Eu tenho que visitar o túmulo dos meus pais.

— Calma, Kauy, não adianta se desesperar — disse Luane. — Se ele soubesse, claro que diria.

Quando levantei a cabeça vi que a luz estava apagando. Acho que era dessa forma que o Lâmpada chorava. Apressadamente pedi desculpas e a luz voltou ao normal.

– Tudo bem, eu entendo o seu sentimento – disse o Lâmpada. – Mas saiba que há ainda muito o que aprender sobre seus pais e é melhor que ele mesmo lhe fale o que aconteceu.

– Como assim, não estou entendendo. Por favor, seja mais objetivo porque desse jeito as coisas estão ficando muito confusas na minha cabeça.

Há um grande mistério na cidade dos Karianthos, um segredo que ninguém pode saber, e esse mistério envolve seus pais.

– Então se envolve meus pais, eu posso saber.

– De fato. Mas apenas você.

Luane ficou toda sem jeito, não queria atrapalhar.

– Kauy, não se preocupe comigo. Pode deixar que eu vou dar uma volta por aí enquanto vocês conversam a sós.

– Claro que não Luane, esse lugar é muito estranho e você não vai sair por aí sozinha.

– Verdade, tudo pode acontecer na cidade dos Karianthos – disse o Lâmpada. – Melhor você dormir esta noite no quarto de visitas que tem duas camas de solteiro. Quando Kauy terminar o que tem a fazer, irá ficar na sua companhia.

– Mas eu sou menina. Se meus pais souberem que eu dormi no mesmo quarto com um garoto podem ficar pensando coisas.

– Não se preocupe, Kauy não vai tocar um dedo em você, não é Kauy?

– Sim, claro, Luane é somente minha amiga.

– Mas a casa está fechada, Lâmpada – insistiu Luane.

– A janela do quarto onde vocês vão dormir está só encostada. Basta um pequeno toque e ela se abrirá. Logo do outro lado tem um banco onde você poderá pisar e acomodar-se.

– Sendo assim, eu vou me recolher. Boa noite.

– Boa noite – dissemos em uníssono eu e meu amigo Lâmpada.

A partir dali meu coração começou a bater mais acelerado. Observei Luane se distanciando até a janela de onde passou para o lado de dentro da casa. Ficamos apenas eu e o Lâmpada. Aliás, ficaram também os grilos com seus silvos intermitentes, corujas conhecidas como rasga mortalha, cujos sons que emitiam pareciam sedas rasgando no meio da noite, morcegos hematófagos que faziam voos rasantes enchendo-me de medo e mariposas que disputavam o espaço aéreo com os morcegos aterrorizantes. Mas eu precisava me colocar acima de tudo. Tinha uma missão severa e ao mesmo tempo sublime. Como o mais sensato naquela ocasião era não me apavorar, então respirei fundo, olhei para o Lâmpada e ele, antes mesmo que eu perguntasse o que deveria fazer, foi logo dando uma luz.

– O quintal, vá ao quintal e veja aquelas duas árvores.

Ele apontou o foco de sua luz para duas árvores frondosas que estavam a mais ou menos vinte metros de distância. Então caminhei.

DIANTE DAS ÁRVORES

Agora era apenas eu na companhia de meus temores. Segui no rastro da luz do meu amigo Lâmpada e não tirava meu olhar das árvores que me aguardavam à frente. As folhas, os galhos, o tronco, tudo se revelava impregnado de suspense. Os bichos de hábitos noturnos se atravessavam na minha frente querendo roubar a atenção, mas o meu olhar ansioso não cedia aos intrusos. Mais alguns passos e finalmente lá eu estava diante daqueles vegetais.

"Vegetais?", questionei. "Seriam mesmo vegetais?"

A princípio sim. Nada naquelas árvores parecia diferente das árvores que eu já tinha visto antes, a não ser... a não ser aquela voz que chamava meu nome em um tom sombrio, mas ao mesmo tempo carregado de emoção.

– Kauy!

Olhei ao meu redor e não vi ninguém por perto. O som não era tão alto e, misturado com o ruído do vento nas folhas, exigia um pouco de atenção para ser ouvido.

– Kauy – a voz insistiu.

– Lâmpada, você chamou? – Perguntei, mas não tive a resposta.

Fui ficando cada vez mais inseguro e apavorado. Segurei no galho da árvore, apertei com força e a sensação que tive foi a de que apertava a mão de alguém.

— Não se assuste, meu filho. Aqui pertinho de seu pai e da sua mãe você está totalmente seguro.

— Meu pai! Minha mãe! — Exclamei querendo fugir, mas sendo atraído pela curiosidade que se apoderava de todo o meu ser.

— Sim, Kauy, olhe devagar e perceba que estamos realmente bem pertinho de você.

Arregalei os olhos e, finalmente, percebi as feições de meu pai e da minha mãe diluídas nos troncos daquelas árvores. Minha mãe parecia adormecida e meu pai sorria com um semblante angelical, de tal forma que logo o medo que tomava conta de mim foi se transformando em uma paz interior e uma felicidade incomensurável. É claro que a partir daquele momento eu queria saber de tudo, palavra por palavra, ponto por ponto, vírgula por vírgula. E meus pais não fariam a desfeita de abandonar-me naquela curiosidade. Assim, iniciamos o nosso longo diálogo, repleto de revelações confortantes, mas também algumas que me causaram indignação.

— Como pode ser, meu pai, como o senhor e minha mãe se transformaram em árvores?

— A culpa foi minha, meu filho. Na verdade nossas vidas já estavam prestes a sucumbir, eu e sua mãe...

— Eu sei, estavam com uma doença degenerativa fatal.

— Sim, nossos dias estavam contados. Então, conhecendo bem as técnicas de enxertos, até porque, como pesquisador, sempre estudei a genética das plantas e de animais, decidi, com o pleno consentimento da sua mãe, retirar uma parte da minha pele bem como da dela para a aplicação científica. Nossos tecidos foram colocados em um tubo e receberam gotículas da fórmula de conservação de células que eu havia descoberto.

Aquelas palavras de meu pai aguçavam a minha curiosidade de tal maneira que meus olhos pareciam duas laranjas querendo saltar dos olhos. Mas eu não dizia nada, meus ouvidos pareciam crateras abertas com a ânsia de engolir todas as palavras.

— Selecionamos, cuidadosamente, as mudas de duas árvores e trouxemos para o nosso jardim. Restava aguardar a chegada do nosso filho querido que estava prestes a completar nove meses de gestação. E foi exatamente no dia seguinte ao do seu nascimento que eu vim até aqui para fazer o enxerto de nossa pele nas mudas das árvores. Um ano depois nossa saúde já estava insustentável, foi quando o entregamos para a minha irmã Atineia e ela prometeu que o trataria com todo carinho e o faria o garoto mais feliz da face da Terra.

— Pai, que história mais incrível! Quer dizer então que o senhor agora é uma árvore, e minha mãe também.

— Mais ou menos isso, meu filho. Mas posso lhe confessar que esse segredo sempre me apavorou, eu e sua mãe sempre nos perguntamos como seria a sua reação. Você nos perdoa?

— Vocês não me devem desculpas, até porque como iriam me contar alguma coisa se são árvores e vivem sempre plantados no mesmo lugar? Claro que não precisa pedir perdão.

— Mas e você, está feliz?

— Sim, claro que estou feliz, pai.

— E minha irmã, cuida bem de você?

— Bem, minha tia é muito agitada e nunca tinha falado sobre vocês. Mas eu vivo bem sim, ela me trata como se fosse uma mãe, embora só aceite ser chamada de tia. Não precisa nem o senhor nem a minha mãe se preocuparem comigo, tá?

— Tudo bem — disse meu pai.

Mas eu percebi que ele não tinha acreditado no que eu acabara de falar. Dizer que minha tia Atineia gosta de mim como a um filho era um pouco demais.

Revelado o segredo, olhei fixamente para a minha mãe-
-árvore e ela dormia silenciosamente embalada pelo sopro do vento nas folhas que mais parecia cantigas de ninar. Perguntei se poderia acordá-la, mas meu pai disse que não.

— Acordá-la seria muito arriscado — ele falou. — Melhor aguardar a próxima noite.

Orientou-me a seguir para o quarto e dormir na companhia da minha amiga.

— Luane, pai?

— Sim, da sua amiga Luane.

— E amanhã eu posso contar o segredo para ela?

— Não, meu filho, ninguém mais pode saber que eu e sua mãe vivemos neste quintal.

— O Lâmpada sabe.

— Eu sei que ele sabe, mas lâmpadas de postes não saem do lugar.

— A não ser quando estão conectadas.

— Como assim? — perguntou, curioso, meu pai.

— Na internet — eu respondi.

E ele ficou mais confuso ainda. E para encurtar o assunto eu o consolei.

— Pode deixar, pai, eu prometo que não contarei para mais ninguém — e fui.

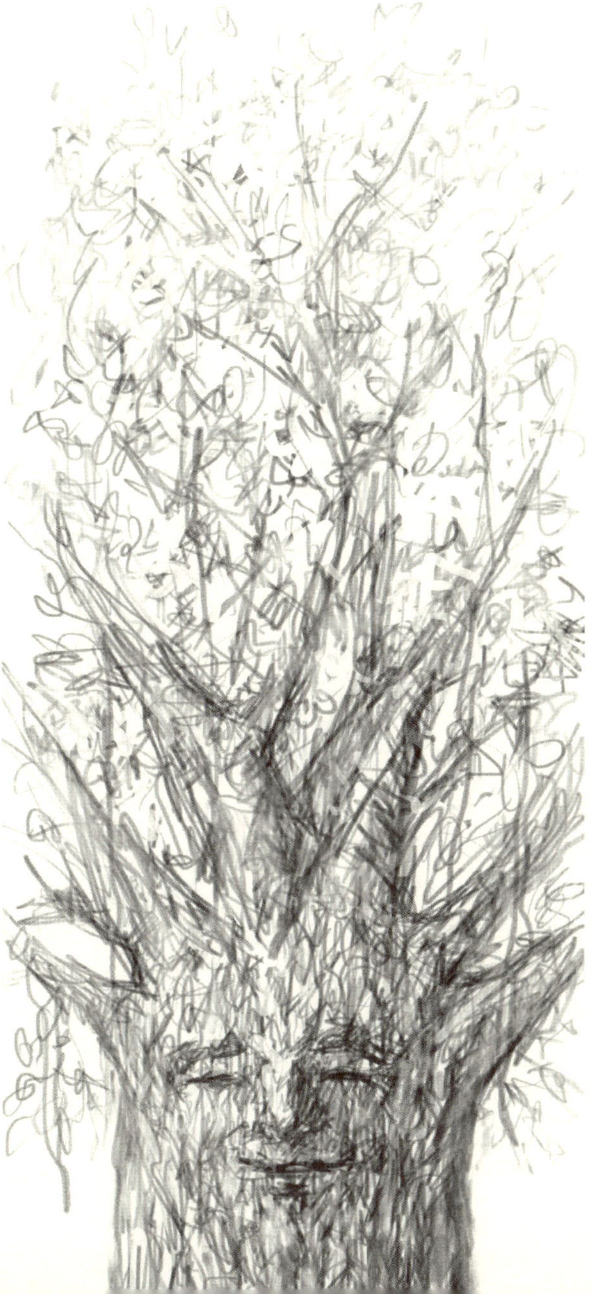

LUANE QUER VOLTAR

Luane pulou da cama apavorada soltando um grito aterrorizante.
— O que foi Luane?
— Kauy, você está bem?
— Claro que estou bem. E você, o que houve, foi um pesadelo, não foi?
— Sim, eu tive um pesadelo horrível. Sonhei que sr. Deodor chegava de viagem e como não lhe encontrava acendeu um charuto enorme e queria botar fogo no seu quarto e também em você.
— Calma, Luane, é só um pesadelo. Eu estou aqui, está tudo bem.
— Não, não está tudo bem, vamos para casa, depressa. Eles devem estar chegando. Se meus pais também não me encontrarem em casa podem me bater.
— Luane, não podemos voltar ainda. Preciso falar com a minha mãe.
— Sua mãe, sua mãe está morta, Kauy, você está alucinado.
— É verdade, eu devo estar imaginando coisas. Mas preciso esperar a noite chegar.
— Eu não — ela disse. — Vou embora agora e se você não quiser me acompanhar irei sozinha.
Fiquei num dilema. Não podia deixar minha amiga regressar sozinha no meio de tantos perigos, mas também não queria

perder a oportunidade de conversar com minha mãe. Abri a janela, olhei para o Lâmpada e vi que ele estava dormindo, impossível conversar com ele naquela condição. Resolvi então que voltaria para minha casa na companhia de Luane e, assim que fosse possível, retornaria para conversar com minha mãe.

Luane ficou mais tranquila. Enquanto ela foi ao banheiro lavar o rosto na pia eu saltei a janela e corri até o quintal. Abri bem os olhos, mas não vi nenhum sinal de humanos nas duas árvores. Acredito que não apenas minha mãe, mas também meu pai estavam dormindo um sono bom. Fiquei parado diante deles por um bom tempo até quando Luane chegou com sua mochila.

— Vamos, Kauy.

— Sim, vamos, amiga.

Instintivamente levantei minha mão acenando para meu pai e para minha mãe. Depois olhei para o Lâmpada que, sem reação, dava-me a certeza de que realmente ainda dormia.

Ao passar pelo portão do muro um susto: estava afixada uma placa com a palavra *Vende-se*. Tinha também o número do telefone para contato: (055) 44332211. Tomei um susto, aquele era o telefone de tia Atineia. Sem comentar com Luane o que aquilo podia significar, simplesmente seguimos pelo mesmo caminho por onde viemos, passos tão acelerados quanto na vinda, afinal de contas teríamos de chegar em casa antes de nossos pais. Só que tinha um detalhe: as bicicletas. Havíamos deixado as bicicletas no meio do caminho com os pneus vazios.

— Luane, talvez tenhamos de procurar alguém que tenha uma bomba para encher os pneus das bicicletas.

— Mas não podemos perder tempo com isso, Kauy.

— Sim, mas se não enchermos os pneus teremos de ir a pé, o que é pior, e empurrando as bicicletas, o que é um saco.

Ficamos naquela discussão boba durante a caminhada e quando nos demos conta já estávamos diante das bicicletas. E o que é mais incrível, os pneus da de Luane estavam cheios.

– Como assim? Quem teria feito isso? – perguntou Luane.

Ao olhar para o pneu da minha bicicleta, ainda estava lá, soprando com o papo cheio de ar, um lagarto papa-vento. Tinha manchinhas vermelhas em cima das costelas, típicas da sua coloração, e mostrava-se indiferente à nossa presença. Parece que estava mesmo decidido a concluir o serviço e aquilo, óbvio, nos trouxe alívio. O nosso mecânico também não era de muito papo não, mal terminou o serviço e tomou o rumo de uma árvore com sua cauda belíssima, praticamente do tamanho do seu corpo. De lá nos olhou e balançou a cabeça como se nos autorizasse a seguir a viagem depois de um pit stop. Olhei para Luane que estava encantada com aquele gesto. Ela sorriu respondendo ao meu sorriso. Montamos nas bicicletas e pedalamos.

RETORNO DE ATINEIA E DEODOR

Tropeços, sede, suor e sufoco. De tudo um pouco aconteceu na viagem de volta para casa. Mas o importante é que chegamos ilesos e o melhor, chegamos antes dos pais de Luane e da minha tia Atineia. Bom para mim e melhor ainda para a minha amiga, que estava traumatizada com o pesadelo horrendo que tivera na noite passada. Agora só nos restava tomar um bom banho e aguardar a chegada dos viajantes.

Eu não via a hora de olhar para a minha tia e tomar satisfações com ela. Por que nunca havia me contado nada sobre a cidade dos Karianthos? Por que nunca havia me dito uma palavra sequer sobre os meus pais verdadeiros? Por que tanto mistério no nosso relacionamento e por que o senhor Deodor nunca me tratou com carinho?

Tomei um banho, preparei um sanduíche e já era perto de 4 da tarde quando o táxi chegou conduzindo minha tia Atineia e o sr. Deodor. Traziam muitos pacotes, mas eu, os observando por uma brecha da janela do meu quarto, não achei que devia ajudá-los. Parecia que tinham comprado metade da Europa e dos Estados Unidos. Os sapatos de tia Atineia eram plataformas inadequadas para o terreno e para a ocasião. Na cabeça, ela trazia uma peruca da cor de fogo e no pescoço, colares extravagantes. Sorria como uma tonta, feliz com o sentimento de posse. Já o sr. Deodor, com a sua cara de tabacudo como sempre, carregava uma câmera fotográfica no pescoço e nas mãos arrastava as malas gorduchas como ele. A roupa do sr. Deodor era outro detalhe importante: suas calças eram amarelas, a camisa florida em tons diversos – acho que comprou em Miami – e o sapato, bicolor. O chapéu que usava, aliás, não parecia um chapéu e sim uma boina vermelha com uma suástica em detalhe na parte da frente.

"Instinto nazista", pensei.

Isso é típico do sr. Deodor, ele se acha o melhor de todos e o prazer é humilhar quem estiver ao seu redor. Não fosse a firmeza de tia Atineia, ele também a dominaria. Mas não, parece que um foi feito para o outro, são tampa e frigideira, nunca vi uma coisa dessas! Por isso achei melhor deixá-los arrastarem sozinhos aquelas malas pesadas.

– Kauy...

Fingi que estava dormindo. Fiquei deitado no meu quarto e somente quando tia Atineia bateu à porta é que abri, simulando um bocejo.

– Ah, você está aí? Pensei que tivesse saído de casa sem o meu consentimento. Por que não foi nos ajudar a carregar as malas, menino?

– Não viu que eu estava dormindo, tia?

– Mas isso não é hora de dormir. Já sei, passou a noite na internet, não foi?

– Mais ou menos. Quer dizer, foi tia, eu passei a noite conectado.

– Muito bem. Pode ficar aí mesmo e não ligue o som nas alturas que eu e Deodor precisamos descansar, estamos exaustos da viagem.

Disse isso e fechou a porta do meu quarto. Não perguntou como eu passei esses dias, se tinha me alimentado direito, se estava com saudade e também não comprou nenhum presente para mim! Mas aquilo não era novidade, eu sempre esperava da tia Atineia um tratamento de geleira. Só ela mesmo para comprar um presente para mim. Acontece que daquela vez tinha sido um passeio internacional e não era justo que não trouxesse qualquer besteira, ainda que fosse uma miniatura da torre Eiffel ou da estátua da Liberdade.

Respirei fundo e liguei o computador. Lâmpada estava online no Facebook.

— Olá, é você mesmo, Lâmpada?

— Claro, por que foi sem se despedir?

— Luane estava preocupada com a volta dos pais dela e eu com a de tia Atineia.

— Chegaram?

— Chegaram e eu estou muito chateado com ela e com sr. Deodor. Vão ter que explicar direitinho porque nunca me contaram a história dos meus pais.

— Não o aconselho a fazer isso. Melhor esperar que o tempo passe. Volte outro dia à cidade dos Karianthos e aqui você será muito mais livre.

— Depois eu falo com você. Tchau.

Meu amigo Lâmpada que me desculpasse, mas eu não podia deixar de encarar minha tia de jeito nenhum. Provavelmente o Lâmpada nem desconfiava que a casa grande tinha sido posta à venda e aquilo não podia acontecer de jeito nenhum. Eu deixaria tia Atineia e o senhor Deodor dormirem aquela noite, mas no dia seguinte teriam de me contar direitinho tudo o que estava acontecendo.

ENCARANDO ATINEIA E DEODOR

O galo não cantou hoje de manhã, impossível o galo cantar por aqui porque tia Atineia e o sr. Deodor odeiam galos, galinhas, porcos, cabras e qualquer animal que possa ser encontrado em fazendas. Na verdade eu acho que eles também me odeiam e me suportam por força das circunstâncias. Como eu também não gosto deles, fica elas por elas. E hoje, particularmente hoje, são eles que me devem satisfação. Terão de contar para mim o que estão tramando, tintim por tintim.

Esperei que abrissem as malas e se divertissem com as roupas, joias e eletrônicos que haviam comprado.

– Deodor, veja se não estou parecendo Angelina Jolie.
– Claro, amor. E eu, pareço Brad Pitt?
– Menos, amor, sem exagero, tá. Contente-se em saber que essa calça saruel ficou direitinha em você.
– Oh, amor, eu te amo, sabia?
– Sabia.

Assim que provaram as roupas entrei, sentei no sofá bem diante deles e disse para a minha tia:

– Quero falar com a senhora.
– Tenha mais educação, menino, não vê que estamos provando as roupas da viagem? – disse sr. Deodor.
– Imaginei que já tivessem terminado. E querem saber de uma coisa, acho tudo isso muito ridículo.

— Você não se atreva a me desafiar, seu...

Tia Atineia pegou no braço do sr. Deodor bem na hora em que ele ia me dando uma bofetada. Confesso que fiquei assustado, mas procurei manter a calma e fingir que nem aquele gesto truculento fosse capaz de me intimidar. Sr. Deodor, com a sua cara de mau, olhou para mim atravessado e tomou a direção do banheiro. Nessa hora aproveitei para fazer umas perguntinhas à minha tia.

— Por que a senhora nunca me falou sobre a cidade dos Karianthos?

Ela se engasgou, começou a tossir e sentou tonta no sofá.

— Cidade dos Karianthos? Não sei do que você está falando.

Meus olhos encheram de água. Tia Atineia percebeu que eu não tinha dúvida de que ela estava mentindo. Então continuou:

— Tudo bem, Kauy, sei que nós erramos, não devíamos ter escondido nada de você. Seu pai faleceu juntamente com sua mãe, há onze anos, e desde então nunca mais voltamos à cidade dos Karianthos. Também, aquilo não é lugar para se viver, é cheio de bichos estranhos por todos os caminhos, as poucas pessoas que se vê são imundas e fedorentas. Não tem civilização, entende? Dizem que à noite saem monstros dos cemitérios e das cavernas, vampiros formam blocos e saem para atacar os moradores. Os cães viram lobos e uivam sem parar nas noites de lua cheia, acordando todo mundo. Um lugar infame, não sei como seus pais tiveram coragem de passar a vida toda lá. Um absurdo chamarem aquilo de cidade.

— E a senhora também viveu lá?

— Pouco tempo. Seus avós se mudaram para esta cidade do Recife quando, tanto eu quanto seu pai, ainda éramos bem pequenos. Ele tinha onze anos e eu nove.

— E em Karianthos, como era a vida de vocês em Karianthos?

— Morávamos numa casinha muito humilde, meu pai era um pequeno agricultor, cultivava milho e melancias para vender, mas para aumentar a renda fazia serviços para a prefeitura como caçador de cachorros loucos. Lá é assim, de vez em quando aparece um cachorro acometido pela raiva e meu pai era o único que enfrentava os bichos ferozes e transtornados. Quando viemos para cá ele havia sido mordido há pouco tempo por um desses cães e aqui chegando desenvolveu a doença da raiva vindo a falecer alguns meses depois. Aqui ficamos morando na Encruzilhada, eu e minha mãe.

— Sim e meu pai? Ele não veio também para o Recife?

— Acontece que quando meus pais se mudaram para cá ele não queria vir de jeito nenhum. Logo após a morte do meu pai, acabou fugindo de volta para Karianthos. Fui com a minha mãe à procura dele, mas lá disseram que havia sido devorado por um bando de javalis. Acreditamos. Então retornamos para o Recife na esperança de que um dia meu irmão aparecesse. Doze anos depois soubemos que estava vivo e havia inventado a história dos javalis apenas para não ser localizado na cidade dos Karianthos, onde queria viver até o fim da vida.

— Meu pai chegou a mentir para a senhora e minha mãe só para ficar na cidade dos Karianthos?

— Sim, foi isso o que aconteceu. Depois ele começou a estudar numa universidade de lá e acabou cientista. Era um obstinado. Mas morreu pobre, sem ter onde cair morto.

— Nem uma casa para morar, tia? — perguntei na intenção de certificar-me de que ela não falava a verdade.

— Não, vivia de favores, minguando — respondeu. — Era até uma contradição: um homem que estudou tanto morrer em absoluta miséria. Por isso nada mais naquele lugar me interessa. Esqueça a cidade dos Karianthos, Kauy. Além de muito perigoso, aquele lugar não tem nada que preste.

Baixei a cabeça e confesso, senti uma profunda tristeza. Mas ainda assim quis continuar a conversa.

— E morando aqui no Recife, como a senhora e sua mãe fizeram para sobreviver?

— Trabalhei numa lavanderia e, com muito esforço, conseguimos sair da miséria em que vivíamos. Até que um dia minha mãe faleceu, eu tinha 21 anos e o seu pai, 23. Mas ele nem veio para o enterro.
— A senhora avisou?
— Não.
— Por que tia? Era importante que ele tivesse vindo.
— Não deu tempo de avisar e ele nunca me perdoou por isso. Mas também, quem manda ter ficado morando naquele fim de mundo?
— É muito triste a mãe morrer e a pessoa nem ficar sabendo. Mas eu entendo tia, Karianthos é tão distante mesmo.
— O fim do mundo — ela repetiu.
Perguntei com certa ironia se tinha ficado lavando roupa por muito tempo, ao que ela respondeu secamente:
— Não. Conheci Deodor, que sempre teve muito dinheiro, aí então as coisas mudaram na minha vida.

UM DIA RETORNAREMOS

Por um momento achei que tia Atineia se esforçava para me fazer feliz contando a história dos meus pais, mas depois percebi que ela estava apenas tentando me convencer de que o meu passado não tinha importância. Não tinha como ser verdade o que ela dizia, aquela casa era de meu pai que, com o seu esforço, conseguiu construir uma grande fortuna. E a cidade dos Karianthos não era um lugar tão terrível como ela descrevera. Já a placa de *Vende-se*, quem teria colocado essa placa no muro da casa? Não, a casa não pode ser vendida, é lá onde meus pais ainda vivem em forma de árvore. Ninguém pode comprar aquela casa. E se alguém quiser destruir a mansão, derrubar as árvores e ficar apenas com o terreno para construir um edifício? Não, ninguém pode comprar aquela casa. O Lâmpada está vigilante e se um dia aparecer algum comprador ele vai me avisar. Então eu e Luane montaremos em nossas bicicletas e iremos feito raios até Karianthos para impedir a negociação. Mas prefiro que não seja por esse motivo que um dia eu retorne a Karianthos, mas sim para ver meus pais novamente, conversar com eles e falar sobre o que sinto por minha amiga Luane.

O segredo das árvores

KAUY NÃO PODE SABER, MAS SABE

Saber que eu tinha conhecimento da existência da cidade dos Karianthos era algo que apavorava minha tia Atineia e o sr. Deodor. Mas agora não havia mais como esconder, até porque tinha sido a própria tia Atineia, sem alternativas, que me falara sobre o passado dos meus pais. Também é claro que sua descrição dos fatos deixara muito a desejar e omitira pontos dos quais meu próprio pai já havia me revelado. Agora a situação está cada vez mais delicada, olham para mim sem qualquer traço de paz ou alegria, é tudo impregnado pela desconfiança.

O que eu não podia desconfiar é que tinham um plano muito mais terrível para colocar em ação, e a vítima, mais uma vez, só podia ser eu. Foram rápidos no pensamento, articularam tudo de um dia para o outro, assim que eu pus na mesa o assunto de Karianthos.

Eu já não tinha dormido bem naquela noite refletindo sobre a ausência dos meus pais na minha vida. Também estava triste porque, no Facebook, meu amigo Lâmpada nunca mais havia dado as caras. Achei até que depois daquela visita ele seria mais assíduo, mas não, nem mensagens deixava para mim. E aquilo me apavorava porque eu não tinha como saber se ele estava bem e, principalmente, saber se meus pais estavam bem. Para completar, Luane havia sumido do mapa, não aparecia na internet nem na minha casa. Será que tinha viajado? Mas viajaria sem me avisar? Ou será que seus pais a haviam colocado de castigo? Pensei em todas essas coisas, mas quem estava mesmo prestes a ser posto de castigo era eu.

"Castigo?", indaguei-me e não concordei com meu pensamento. Como castigo se eu não havia feito nada errado? Meus algozes, no caso minha tia Atineia e o sr. Deodor é que poderiam achar que eu estivesse muito petulante por encará-los com a determinação de alguém maduro. Não, não seria castigo, seria um ato insano e injusto qualquer tentativa de me impor um sacrifício. E era mais do que um sacrifício, era uma punição severa com o único propósito de que eu não mais representasse ameaça aos seus planos mercenários e aterrorizantes.

Acordaram cedo, o que não era comum. Seis horas da manhã bateram na porta do meu quarto.

— Kauy, abra a porta.

Como eu estava sonolento, a voz que eu escutava parecia distante. Virei para o lado e logo veio uma batida na porta seguida por outro chamado. Agora era a voz do sr. Deodor, grave e irônica.

— Abra, meu filho, o dia está lindo para uma nova vida.

Não consegui, naquele momento, decifrar a essência da frase. Provavelmente o fato de ser acordado daquela forma havia me deixado um pouco tonto.

Levantei e, de pijamas, abri a porta. Eles estavam vestidos, o que sugeria que haviam acordado há algum tempo. Não lembro se tinham expressão de ira ou de indiferença, foi tudo muito rápido. Lembro apenas quando o sr. Deodor, com um mau hálito horrível, tirou um pano que escondia atrás das costas e o aproximou do meu nariz. Quando acordei estava no porão.

PORÃO

Um porão como outro qualquer, cheiro de mofo, paredes acinzentadas, teias de aranha pelos cantos, caixas de papelão trituradas por ratos ou um rato, talvez. Eles passavam indiferentes à minha presença como se fôssemos humanos desconhecidos andando nas ruas do Recife. A diferença é que surgiam um a um e não em multidão. E eles me assustavam. Ainda acordava e estava coçando o nariz por causa da substância que sr. Deodor usara para me adormecer, e os ratos que me assustavam pareciam inimigos de muito tempo.

Pestes, imundos, transmissores de doenças. Eu tinha deles as mais variadas deduções. Cheguei aos doze anos ouvindo horrores sobre eles e o normal é que os tratasse como pragas. Achei que era melhor não entrar em pânico.

Alguns minutos depois eu já estava mais calmo, não sentia mais tontura e pude perceber que não eram muitos e sim o mesmo rato que passava de um lado para o outro repetindo o movimento. Naquele porão ele não tinha como seguir em frente pelo piso, a não ser que subisse pelas paredes e saísse pela pequena grade a uma altura de aproximadamente dois metros, por onde entrava uma quantidade mínima de ar e a única luz do ambiente. O rato era gorducho e tinha cara de sério, o que me fazia compará-lo ao sr. Deodor.

Uma hora depois eu fui me dando conta de que estava realmente aprisionado naquele porão. Havia uma escada e não dava para imaginar de onde viesse. A cada degrau a luz ia ficando mais escassa. A escada não me levaria a lugar algum porque na saída havia uma tampa de madeira muito grossa e pesada, provavelmente com fechadura pelo lado de fora.

— Tia Atineia. Sr. Deodor...

Chamei inutilmente. Era impossível escutar alguém chamando daquele porão. Da mesma forma era impossível escutar algo decifrável, a não ser o barulho de carros passando e buzinas, o que me sugeria que estivesse aprisionado em minha própria casa — minha é o modo de dizer — uma vez que ao lado passava uma rua de trânsito intenso.

Sentei no primeiro degrau da escada e chorei. Chorei ao imaginar que não teria como voltar a Karianthos para ver meu pai novamente e conversar com minha mãe. Fiquei também com muito medo que minha tia Atineia e o sr. Deodor fizessem algum mal a eles.

Olhei para o rato que passou mais uma vez em minha frente, procurei não compará-lo ao sr. Deodor e deu-me vontade de puxar assunto. Mas aquilo seria absurdo demais, quem já viu animais falarem, a não ser o papagaio de Luane que dialoga com ela sobre todo tipo de assunto? Ou então meu amigo Lâmpada, mas ele nem é animal, e isso é na cidade dos Karianthos.

— Não — falei — não vou me passar por bobinho falando com um bicho que me dá nojo.

— Por que não? — ele questionou.

— Porque animais não falam, ora.

— Depende, tudo é relativo, meu caro. Escute o que falo e talvez bobagem não fale mais.

— Bem, quando digo que bichos não falam me refiro aos bichos da vida real, na ficção é diferente, tem bicho de toda espécie e até objetos falando pelos cotovelos.

— Não pense que a ficção está fora da realidade. Na verdade, é a realidade quem está dentro da ficção. E falo com convicção porque nas linhas do pensamento o sentimento do sábio se expande em qualquer direção.

— Mas era só o que me faltava. Aqui trancado com um filósofo de cauda achando que tudo sabe.

— Não sei de tudo, meu caro, mas o que sei vale muito. Talvez mais tarde perceba que posso ser seu amigo e, quem sabe, ajudá-lo a escapar do perigo.

Disse e disparou para a escada. Tinha ocupado um dos degraus e lá feito o seu ninho. Sétimo degrau, o sétimo andar com uma vista privilegiada para o fundo daquele porão imundo.

SE LHE DÁ SATISFAÇÃO, ME DÊ A MÃO

A princípio pensei: morrerei de fome aqui nesta cova de cimento. Depois olhei para o rato e vi que ele podia estar ali há bastante tempo suportando a passagem dos dias. Até gordinho ele estava! Quem sabe não me ensinasse sua estratégia de sobrevivência e com o passar do tempo eu até aumentasse alguns quilos! Mas rato é rato e no quesito sobrevivência dá de dez a zero em relação aos humanos numa situação de apuros. O que não valia a pena era perder a esperança.

Sentei no degrau, no terceiro, numa posição em que o meu vizinho do sétimo andar estaria me observando cuidadosamente. Uma hora, outra hora, muitas horas foram passando e meu estômago revelando os sinais da fome. Passei a mão na barriga, me contorci. Levantei, dei um giro no cubículo, voltei a sentar. Respirei, olhei para a pequena grade por onde entrava a luz e o que percebi foi que, ao invés de entrar, ela saía. A luz estava se despedindo do porão e deixando-nos totalmente às escuras.

Meu coração palpitou de medo quando me imaginei numa noite inteira naquela escuridão. De repente, uma fresta de luz voltou a ser projetada no cubículo. Agora uma luz amarela que entrava à medida em que a luz do dia ia cedendo seu lugar. Eram as luzes de postes da estrada que estariam acendendo e seriam minha única esperança de não passar uma noite totalmente imerso na escuridão.

Instantes depois escutei o barulho de uma chave abrindo um cadeado e, na sequência, a tampa de madeira também se abriu. Na escada foi jogada rapidamente uma sacola com alimento. Subi os degraus antes que o rato se apropriasse do pacote e o tomei em minhas mãos, abrindo-o faminto. Tinha um refrigerante e um hambúrguer com um pouco de queijo cheddar.

— Queijo cheddar? — Tia Atineia e sr. Deodor conheciam como ninguém os meus hábitos alimentares e as exigências do meu paladar.

Nada me deixava mais feliz na hora da fome do que aquela combinação. Hambúrguer com cheddar eram capazes de me fazer parar de chorar numa hora de dor. Absolutamente nada era mais saboroso do que aquele sanduíche, eles sabiam disso como ninguém.

Não deu para enxergar a mão nem tampouco estabelecer qualquer tipo de diálogo. Afinal a comida não foi posta, mas sim jogada pela brecha provocada com a abertura da tampa.

— Aceita uma parte da minha comida?

— Não se preocupe, tenho o suficiente para me alimentar.

— Mas é hambúrguer, e tem recheio de queijo cheddar — enfatizei.

— Não se preocupe, eu já disse. Comida nunca me falta porque eu posso buscar. O que me falta é amigo para poder conversar.

— Mas eu estou conversando com você.

— Se é amigo, não sei, é tão recente aqui. Quem sabe daqui para frente, como não vai ver mais gente, entenda meu pensamento. No momento, melhor é você comer.

— Tudo bem.

Segui os conselhos dele. O sanduíche estava mesmo uma delícia. E o refrigerante, tomei com prazer sem tamanho.

De barriga cheia passei a pensar como sair daquele buraco e depois de algum tempo entendi que a única maneira seria firmar um pacto com o rato.

— Você conhece bem a casa da minha tia Atineia e do sr. Deodor, não conhece?

— Sim, sempre fiz visitas noturnas e conheço muito bem cada cubículo.

— E então. Pois é, companheiro, estou precisando fazer uma ligação e preciso do meu celular. Deixei na gaveta da mesa onde está o meu notebook. Acho que você devia fazer um esforço, sair por aquela grade e trazê-lo para mim, preciso falar com Luane.

— É sua namorada?

— Amiga, é minha melhor amiga.

— É bonita?

— Sim, é bonita, mas nunca prestei atenção na beleza dela. Luane é como se fosse minha irmã, entende meus problemas e eu entendo os dela. Sempre que ela está em apuros eu vou ajudá-la e ela também é capaz de correr qualquer perigo para me salvar. Eu só não gosto é de deixá-la fazer xixi sozinha quando a gente está na floresta, mas por uma questão de respeito, acabo deixando.

— Kkkkkk... É, quem tem uma amiga assim talvez nem mais precise de amigos. Eu acho que estou sobrando — ele disse.

Eu sorri. Senti que em apenas um dia de convívio o rato já se agradara da minha companhia e que não recusaria fazer o favor de buscar o meu celular.

E foi, subiu pela parede com uma facilidade enorme, aproveitando pequenas saliências da parede. Encontrou a grade por onde entrava a luz e saltou para o outro lado. Ainda gritei: cuidado com os carros. Talvez ele nem tenha ouvido. Talvez nem precisasse ouvir, vivia atravessando aquele caminho em busca de comida e por isso era tão gorduchinho.

Tia Atineia não estava em casa e o sr. Deodor tinha ido lá apenas deixar aquele sanduíche para eu não morrer de fome. Então ficou fácil demais para o rato pegar meu celular e arrastá-lo até o porão. Ao chegar na grade disse "pega". E eu dei um salto para não deixar meu celular se espatifar no chão. Ele sorriu, estava testando o meu reflexo e a minha esperteza.

— Está arranhado.

— Na parte de trás. Não tinha outra forma de trazê-lo a não ser arrastando, e achei mais conveniente sacrificar a parte de trás.

— É, menos mal.

— O importante, garoto, é que você se comunique com sua amiga.

— Claro — eu disse. — A bateria está descarregada.

— Assim já é exploração. Acabo de chegar de viagem, já quer que eu retorne?

— Por favor.

— A primeira vez foi favor, agora, o que vou ganhar em troca?

— A liberdade, eu o ajudo a sair daqui.

— Sair daqui? Mas esta é a minha casa, você, inclusive, é um intruso e está usufruindo dos meus aposentos. Nenhum outro lugar poderia ser mais importante para mim, a não ser...

— A não ser o quê?

— Ah, deixe para lá, você não vai entender, é uma longa história.

— Poxa, você me deixou curioso. Conta para mim, vai.

— Vou pensar no seu caso. Agora vou atrás do bendito carregador.

A cena se repetiu e dessa vez eu não disse mais: "cuidado com os carros". Num instante ele chegou com o carregador, também arranhado, mas isso era o mínimo. Procurei no escuro o lugar da tomada e ele me ajudou. Embora a lâmpada que havia no teto estivesse queimada, a energia chegava até a tomada e isso foi a minha alegria, poderia recarregar o celular sempre que fosse necessário. Ele poderia até me servir de lanterna...

Bem, eu não podia perder tempo:

7654-3210.

Este telefone está desligado ou fora da área de cobertura.
Tentei outra vez e escutei a mesma coisa.
— Caramba, por que ela não atende?
— Tem outro número não? — o rato perguntou.
— Não.
— Passa uma mensagem de texto, garoto.
— Claro. Eu já tinha pensado nisso.
— Desculpe, se não dá para dialogar fico calado — foi o que ele disse dando as costas para mim.
— Desculpe também, é que estou um pouco estressado.
— Sem bronca. Vá descansar, amanhã você fala com ela e raciocina melhor. Afinal de contas você vai ter muito tempo para pensar.
— Não, rato, não tenho muito tempo. Preciso sair daqui o mais rápido possível para voltar a Karianthos.
— Karianthos, você falou Karianthos?
— Ahn, eu falei Karianthos?
— Sim, falou, e foi com muita convicção.
— Karianthos é só uma fantasia, eu disse.

Mas o rato sabia tanto quanto eu que Karianthos é um lugar que realmente existe, situado em um ponto do universo de difícil acesso e no qual raríssimos viventes conseguem chegar. Como ele provocou, eu aproveitei para desvendar o pensamento dele.

— Nem vale a pena falar sobre Karianthos porque é impossível chegar lá. Esse lugar foi inventado por um contador de histórias fantásticas. Dizem até que assim como forasteiros não conseguem entrar, quem é de lá também não consegue sair. Ou seja, se não se sabe sobre Karianthos é porque a cidade é apenas uma fantasia.

— Pois então, garoto, o que dizem sobre Karianthos não corresponde aos fatos. Do contrário, como eu poderia estar aqui e agora?

— Como assim? — perguntei intrigado.

— Sou natural de Karianthos e vim até aqui numa sacola de sua tia Atineia. Eu estava tentando roubar um pedaço de queijo na sacola dela quando ela tampou a boca e partiu em direção a uma bicicleta acompanhada pelo sr. Deodor. Quando eu saí do escuro do fundo da sacola já estava aqui em Recife.

— Que incrível — eu disse.

— Sim, é incrível mesmo — ele afirmou como se soubesse de muito mais coisas.

— Também acho incrível a maneira como você reage ao que lhe falo. Até parece que conhece a minha história e sabe que tenho uma ligação muito forte com Karianthos.

— Claro que sei. Lembro do dia em que você nasceu.

— Ahn?

— Verdade, eu sei muitas coisas sobre você, garoto, mas não vou contar agora, preciso descansar. Boa noite.

— Não, não pode parar agora e deixar-me nessa curiosidade.

— Paciência, tudo tem seu tempo, mas o tempo a ninguém pertence. Deite e feche os olhos que o sono chega.

Não chegou. Entrei na net pelo meu celular, procurei Luane e o Lâmpada, mas estavam off-line. Deixei mensagem:

Por favor me ajudem, estou em apuros.

MEUS PAIS AO RELENTO

 Seis da manhã, o celular tocou. Pensei que fosse Luane chamando, mas era apenas o despertador que eu esqueci ligado. Como castigo tomei uma bronca daquele rato curioso.
 — Essa não, como posso ter sossego com esse seu celular tocando? Essas tecnologias modernas me enchem o saco. Agora não conseguirei dormir mais.
 — Calma, não precisa esse escândalo todo.
 — Quem era?
 — Ninguém, fui eu que esqueci o despertador ligado.
 — Tá vendo só! Ninguém pode andar esquecendo de todas as coisas o tempo inteiro.
 — Esqueci apenas de desligar o despertador do meu relógio. Todo mundo esquece.
 — É uma pena que queira se igualar no erro aos demais humanos.
 — Desculpe, ficarei mais atento.
 — É bom mesmo.
 Ele disse, virou a cabeça para o lado e voltou a dormir. Entrei no Facebook e lá estava o meu amigo Lâmpada tentando falar comigo há horas. Havia mensagens abarrotando minha caixa. Ao invés de lê-las, como estava on-line, preferi o bate-papo.

— O que foi, Lâmpada???

— A previsão do tempo, Kauy. A coisa não está nada boa por aqui. A meteorologia tá anunciando muita chuva com ventos de até 250 quilômetros por hora.

— Mas você está num poste e não vai acontecer nada, mesmo que alague, a sua altura vai lhe manter intacto.

— Isso é, mas minha preocupação é com seus pais.

— Meus pais??? Como assim? — perguntei assustado.

Lembrei que meus pais são árvores e, com o vento forte, muitas árvores acabam caindo durante as tempestades. Aquilo me deixou em pânico.

— Me espere que tô indo praí agora.

— Vai como? Só um mosquito, ou um rato para conseguir passar por aquela brecha — disse irônico o rato do porão.

Caí na real e voltei a digitar.

— Lâmpada, também estou numa bronca.

— O que aconteceu?

— Fui aprisionado em um porão e não tenho como sair daqui. E tenho que fazer alguma coisa para salvar meus pais.

Atônito, parei de digitar, larguei o celular em um degrau da escada e comecei a girar feito um hamster dentro daquele cubículo. Olhava desesperadamente para a grade imaginando poder atravessar espremido e livrar-me do cativeiro. Tudo fruto do meu desespero. Minha vontade era também de gritar e por isso gritei feito um louco:

— Tirem-me daqui. Tia Atineia, sr. Deodor, tirem-me daqui... Maldição, ninguém me ouve, vou acabar perdendo a voz de tanto gritar: tirem-me daqui...

— Não precisa gritar — disse o rato tapando o ouvido com uma pata. Na outra ele segurava o meu celular.

— Tome, acalme-se e fale com Luane, consegui ligar para ela.

— Você!

Peguei o celular e realmente minha amiga estava do outro lado da linha.

— Kauy, onde você está, por que grita tanto?

— Luane, venha aqui depressa, eu estou preso em um porão, foi minha tia e o sr. Deodor quem me puseram aqui.

— Calma, Kauy, fale devagar.

— Não dá para falar devagar, venha correndo para a minha casa. Acho que estou no fundo do quintal onde tem a despensa. Aqui tem um porão que só vivia fechado e é nele que eu devo estar aprisionado.

— Tem certeza que está aí mesmo?

— Sim, meu amigo me falou.

— Seu amigo?

— Ah, é uma longa história, pegue sua bicicleta e venha logo, aqui fica sabendo dos detalhes.

— Tá, eu tô indo.

— Não, melhor esperar o dia amanhecer. Sair de casa a essa hora da noite é muito arriscado. Espere o dia amanhecer que é melhor.

— Claro que não. Estou indo aí agora mesmo.

O rato estava na maior tranquilidade. Desliguei o celular e agradeci. Ele aproveitou para me fazer mais uma cobrança.

— Por que não me chama pelo nome?

— Rato.

— Não. Rato é a minha espécie. Mas como um bom cidadão, eu tenho nome.

— Cidadão... assim você me faz rir numa hora de sufoco. Qual é o seu nome?

— Kiut — ele respondeu de peito cheio.

— Isso não pode ser nome de um cidadão. Kiut parece até nome de gato.

— Aí você me ofende. Pode até dizer que não é um bom nome para um cidadão, mas nome de gato aí já é demais.

— Tudo bem, a partir de agora vou chamá-lo pelo nome, sr. Kiut.

— Senhor não, conde. Conde Kiut.

— Poxa, quanta honra, não conhecia nenhum conde, a não ser de histórias que leio. Inclusive a do Conde Drácula.
— Nada a ver. Drácula, apesar de ser hematófago, pertence à família dos morcegos. Sua comparação foi muito infeliz.
— Melhor ser morcego do que rato. Pelo menos tem asas para voar — provoquei.
— Mas em compensação não vê quase nada, e eu tenho uma percepção muito aguçada, não sei se você já percebeu.
— Tudo bem, retiro o que disse, mas tem outra coisa que você falou que também me deixou intrigado: cidadão. Cidadão de onde? De Karianthos?
— Por que não?
— Ok, cidadão Kiut, aliás, conde Kiut, meu nome é Kauy.

Eu disse e ele soltou um riso sarcástico. Certamente achou meu nome também parecido com o de algum animal de estimação: um cachorrinho, um gato ou mesmo um hamster. Mas eu não podia me preocupar com isso. Tinha muito mais coisas para me preocupar. Será que Luane ia entrar fácil na casa e achar o esconderijo?

LUANE VAI AO ESCONDERIJO

Eu não sabia, mas sr. Deodor passaria a noite na casa e, naquela hora, perto das 22, ele já estava roncando feito um liquidificador. Havia deixado tia Atineia dormindo na casa de Gravatá.

Fiquei ansioso, mas com o coração na mão. Estava atento a todos os ruídos que pudessem revelar a chegada de Luane.

— Melhor dormir, talvez sua amiga só venha mesmo quando o dia amanhecer — provocou o rato Kiut.

— Você não conhece Luane, ela é capaz de tudo para me defender.

— Isso tá me cheirando a romance.

— Eu já lhe disse que Luane é minha amiga e pronto. Agora é melhor você dormir, já que está tão incomodado com a minha vida.

— Tá bem, sr. Kauy, vou me recolher aos meus aposentos. Se precisar de alguma coisa pode chamar. Boa noite.

Não é que o danado foi dormir mesmo e me deixou na ansiedade? Para ele parecia a coisa mais natural do mundo: Luane sairia de casa de bicicleta, no meio da noite, chegaria lá no esconderijo e me salvaria. Mas não seria tão simples assim, afinal de contas havia um carro estacionado na entrada da casa. Era o carro do sr. Deodor e ele estava dormindo no sofá, bem no meio da sala, ou seja, poderia acordar a qualquer momento e aí o plano de salvamento montado por Luane poderia ir por água abaixo.

Ela deixou a bicicleta do lado de fora e subiu em uma árvore para transpor o muro. Logo ouviu aquele ronco enorme e já sabia que poderia ser do sr. Deodor. Andou na ponta dos pés e, ao por a cabeça na janela de vidro, enxergou o rabugento com a baba escorrendo pelo canto da boca.

— E agora, o que devo fazer para detê-lo antes que ponha as mãos em cima de mim?

Luane não tinha resposta para a sua indagação e assim preferiu agir instintivamente. Caminhou para o fundo do quintal e notou que o quarto de despensa estava com a porta aberta. Entrou e percebeu a tampa de madeira com um cadeado fechando-a. Encostou o ouvido e escutou quando resmunguei:

— Que demora de Luane, será que aconteceu alguma coisa?

Luane sorriu e, encostando a boca bem perto da tampa, falou baixinho.

— Kauy, você está aí?

— Luane!

Como soltei a voz empolgado acabei acordando o rato Kiut que deu um salto assustado e irritado.

— Caramba, como você é barulhento, o que foi desta vez?

— É que minha amiga chegou.

— Chegou tarde, boa noite.

Disse e virou para o lado. Luane tentou me acalmar quando na verdade eu estava mais preocupado com ela do que comigo.

— Estou sem a chave, vou ver se está com o sr. Deodor.

— Sr. Deodor, ele está aí?

— Sim, está dormindo no sofá da sala, mas eu dou um jeito, não se preocupe.

— Tá bem, mas tome muito cuidado.

Olhei para o rato que estava com uma cara de poucos amigos, balançando a pata sentado no sétimo degrau.

— Agora você não pode dormir — eu disse. — Está na hora do resgate, vamos embora daqui.

— E quem disse que eu quero ir?

— Então fique aí, mofando. Eu e Luane vamos a Karianthos.

— Karianthos, vocês sabem o caminho? Já tentei várias vezes, mas nunca acho o caminho. Se vão a Karianthos eu também vou.

— Vamos sim, mas antes temos de ser resgatados pela minha amiga Luane, ela vai conseguir.

— Sim, claro, claro que ela vai conseguir.

Luane estava quase conseguindo, mas esse "quase" é danado para atrapalhar. Ela entrou na sala, viu que a chave estava em um cordão e que esse cordão estava enrolado no braço do sr. Deodor. Qualquer movimento ele acordaria. Então ela foi até a cozinha para pegar uma faca que pudesse ser usada para cortar o cordão. Como é muito difícil você pegar uma faca misturada com outras sem fazer qualquer barulho, o tal do barulho aconteceu. Sr. Deodor, não sei como, naquele mesmo instante já estava bem pertinho de Luane. Ela com a faca na mão parecia que ia usá-la para se defender, mas esse tipo de ação nunca passou pela cabeça da minha amiga. Simplesmente jogou a faca de volta ao faqueiro e correu tentando passar espremida pela porta onde estava o sr. Deodor. Não deu. Ele pôs as mãos nela xingando-a com fervor.

— Sua bandida, o que veio fazer na minha casa? Você vai se dar mal em minhas mãos, bichinha nojenta.

Luane nunca havia passado por um susto tão grande, nem mesmo quando foi capturada pelo monstro gosmento. Aqueles olhos do sr. Deodor eram coisas do outro mundo, estavam vermelhos e arregalados. A voz estrondava e, além do mais, soltava um bafo monstruoso.

— Como você entrou aqui, menina? E o que quer na minha casa? Vamos responda. Ah, vai falar não, será que é amiguinha do outro? Deve ser, então vai ficar junto dele.

Os gritos insanos do Sr. Deodor puderam ser ouvidos até mesmo dentro do porão. Àquela altura dos acontecimentos eu já estava em desespero: o que ele faria de mal a Luane? E a culpa seria minha, totalmente minha.

– Calma, garoto – disse o rato Kiut. – Você se afoba com tudo, tenha calma que as coisas se resolvem. Até mesmo quando a gente pensa que tudo está consumado, ainda tem algo para ser consumido.

– Você e suas filosofias inadequadas.

Ele se calou, essa era uma virtude que eu admirava. Se pressionado, ele parava de falar bobagens. Assim deu para eu ouvir os passos, os gritos do sr. Deodor e os gemidos de Luane enquanto ele a arrastava pelos cabelos. A chave tocou no cadeado, ele abriu a tampa rápido e forçou a entrada dela gritando transtornado.

– Fique aí, sua intrusa, vai apodrecer nesse porão na companhia do seu amiguinho.

SEGUINDO PELA ESQUERDA

Luane rolou dois degraus e conseguiu se segurar antes de descer por toda a escada. Nem chegou a se arranhar, mas o susto foi grande. Estava em pânico. Então liguei meu celular na direção da escada e Luane pode me ver logo abaixo.

— Kauy.
— Luane, você está bem?
— Sim, e você?
— Ninguém pode estar bem num lugar como este.
— Eu estou. — disse o rato Kiut. — Adoro este lugar.
— Você cale sua boca, intrometido, estou falando com minha amiga.

Luane arregalou os olhos na direção de Kiut sem acreditar no que estava vendo.

— O que foi, nunca viu gente não?
— Gente? Como gente? Você é um rato.
— Um conde, o conde de Karianthos.
— O quê? Você falou Karianthos? Kauy, explique por favor o que está acontecendo aqui.

Tive um pouco de dificuldade para contar tudo a Luane naquele momento tão tumultuado. Até porque o mais urgente era encontrarmos uma forma de sair do porão para voltarmos a Karianthos. E quem se tornou peça fundamental no plano foi exatamente o rato Kiut, o conde de Karianthos. Ele saiu do porão pela grade e se dirigiu até a sala onde o sr. Deodor estava vendo televisão, com a chave do cadeado presa em um cordão enrolado em seu dedo. Esperou ele dormir novamente e por volta da meia noite roeu o cordão, arrastou a chave até a tampa do porão e abriu o cadeado.

– Vamos, Luane, ele conseguiu.

– Yes! – disse a minha amiga, eufórica.

Saímos sorrateiramente, eu peguei minha bicicleta e, na saída, Luane pegou a dela que havia ficado próxima do muro. Agora estávamos livres para regressar a Karianthos e salvar os meus pais. Mas teríamos que correr bastante porque a tempestade estava se aproximando e se o vento soprasse muito forte, como previa a meteorologia, meus pais não suportariam.

– Acelera, Luane!

– Estou no meu limite e minhas pernas já não aguentam mais. Falta muito para chegarmos ao caminho de Karianthos?

Assim que ela perguntou sentiu logo o alívio. A bicicleta disparou como uma motocicleta na mais alta velocidade e as pernas num instante pararam de doer. A bicicleta de Kauy também seguiu com velocidade impressionante. Os cabelos de ambos esvoaçavam, assim como as roupas, dando a impressão de que a ventania da tempestade já os houvesse alcançado. Mas não, aquilo ainda não era a tempestade, era apenas a vontade de chegar e a magia do caminho para Karianthos que revelava os seus mistérios.

– O vento está muito gelado, estou com frio – disse Luane.

– Eu também – intrometeu-se o rato Kiut falando de dentro da mochila que eu trazia nas costas.

Luane assim como eu não sabia que o tal conde de Karianthos nos acompanhava. O danado saltara em minha bolsa silenciosamente e só mais adiante é que pôs a cabeça para fora.

– Por aí não, esse é o caminho do Sileno da Boca de Fogo. Sigam à esquerda.

— Você não se emenda mesmo, não é Kiut. Como conseguiu se infiltrar na minha mochila?

— Segredos de um esperto. Mas façam o que digo. Se tomarem o caminho errado não terão como escapar, o Sileno da Boca de Fogo acha que foram os humanos que destruíram sua família e ele prometeu vingar-se de todos. Quem ele encontra, incinera.

— Aff! — exclamou Luane.

E antes de seguir, era chegada a hora de fazer o xixi, como era de praxe. Pedi para Luane ficar aguardando, enquanto, atrás de uma árvore, eu faria a minha necessidade. Afastei-me e quando já se podia ouvir o líquido fazendo xiii, Kiut pôs a cabeça novamente para fora da mochila e disse na minha cara:

— Que pouca vergonha! Deveria ser mais discreto e não ficar urinando na frente de todo mundo.

— Mas como é essa história? Eu venho fazer uma necessidade e você fica curiando. Me deixe em paz, Kiut, respeite a minha privacidade.

Ele rebateu, ficamos batendo boca feito dois bobinhos durante um bom tempo. Quando retornamos Luane estava se deliciando com uma melancia.

— Onde achou, Luane?

— Aqui debaixo dessas folhas. Parti com uma pedra e estou matando a minha sede. Está uma delícia, quer um pedacinho?

— Não, não gosto de melancia.

— Então tá.

Kauy esperou um pouquinho enquanto Luane terminava de chupar a melancia jogando as cascas ao chão. E ainda se justificou olhando para Kiut que estava com a cabeça fora da mochila.

— Só faço isso porque a fruta é biodegradável, viu Kiut? E porque estamos no meio de uma floresta. Aprenda essa lição.

— Não acredito no que estou ouvindo. Queridinha, eu sou mais civilizado do que muita gente que se acha, só porque nasceu de família nobre. Educação ambiental é o meu forte.

Sorri porque veio logo a lembrança da sujeira no porão. Falar é fácil, na prática é que a gente conhece os verdadeiros sentimentos. E para não nos atrasarmos perguntei a Luane se estava pronta.

— Sim, vamos.

— Pela esquerda, lembrou o rato Kiut.

O CRIME DA MELANCIA

Seguimos o conselho do nosso companheiro. Diante da bifurcação optamos pela esquerda. E quando pensamos que Karianthos estava a um passo, percebemos algo estranho no caminho.

— Veja, Kauy, veja este líquido vermelho, parece sangue — disse Luane.

De fato parecia. E era. Era porque o sangue pode ter formas diferentes no caminho para Karianthos. Olhei de lado e vi cascas de melancia espalhadas.

— Meu Deus, o sr. Melan, o que fizeram com ele?

— O que você disse? — perguntou Luane meio aérea.

— Ele estava com dona Bambuzeira quando nos mostrou a colina do Kundun.

— E você acha que ele foi assassinado?

— Quer indício mais forte, Luane? É claro que é isso que eu estou pensando, e estou muito assustado e triste. Se dona Bambuzeira já cantava cantigas estranhas e tristes, imagine agora se for confirmada a morte do seu esposo. Quem poderia ter feito isso com ele?

— Talvez um caçador faminto. — disse Luane. — Faminto e vegetariano, louco por melancias, como eu.

— Luane, não esqueça que sr. Melan não era apenas um vegetal.

— Vocês querem parar com essa discussão fútil? — intrometeu-se o rato Kiut. — Onde já se viu dois seres tão inteligentes, ou supostamente inteligentes, ficarem discutindo se a vítima de um crime brutal era do reino animal ou vegetal. Deveriam se preocupar em investigar o caso profissionalmente ou então seguir o rumo do seu caminho. Pode ser que essas cascas sejam de uma melancia qualquer e aí de nada adianta tanta lamentação.

Mas naquele instante o lamento de dona Bambuzeira se fez ouvir quando ela surgiu adiante, vinda por entre as árvores. E para desfazer a suspeita, vinha na companhia do sr. Melan, o que foi motivo de alívio para todos nós. Vinha cantando, um canto de lamento, uma ladainha que nos revelou a quem pertencia o sangue que escorria pelo caminho.

>   Kerê Coré quem matou?
>   Matou Mali de Melan
>   Matou Mali de Bambu
>   Morê, murchô minha flor
>   Coré, cadê meu amô
>   Sufrá, sufré e sofri
>   Se arguém, se argum matadô
>   Falassi antes com mim
>   Eu lhe daria comê
>   E não Mali de Melan
>   E não Mali de Bambu

Cada passo de dona Bambuzeira era uma pregada em meu coração. Confesso que uma lágrima desceu dos meus olhos e de Luane também, principalmente quando ela, repetindo a mesma cantiga, começou a juntar as casquinhas de melancia em uma cesta.

— Posso ajudá-la? — perguntei.

E como ela já me conhecesse, apenas esboçou um breve sorriso como se agradecesse a minha boa intenção. Decidi ajudar assim mesmo, e quando me abaixei para pegar um pedacinho da casca, dona Bambuzeira pareceu outra pessoa.

— Não, não toque na pele sagrada de minha filha. Somente as mãos de quem é sangue do seu sangue pode fazer isto, senão não será aceita no reino dos mortos.

— Ele só quis ajudar, dona Bambuzeira — disse Luane.

— Eu sei, mas eu não preciso dessa ajuda. Quando vi que tinham matado minha filha Mali, fui em casa avisar Melan e a ajuda dele é que me serve. Mas para falar a verdade, ajuda melhor mesmo, seria se encontrasse o assassino de minha filha e desse a ele destino semelhante.

— Dona Bambuzeira, jamais eu faria isso. Não acho que matar o algoz seja a saída mais sensata. Não podemos cometer justiça com as próprias mãos. A Justiça é que julga os criminosos.

Ao fazer esse discurso o que ouvi foi uma grande gargalhada do rato Kiut. Achei até que quisesse me desmoralizar.

— Kkk justiça? Você fala em justiça? Isso é balela, Kauy. Se não existe justiça na cidade onde você mora, imagine no caminho para Karianthos.

— Verdade. — disse dona Bambuzeira. — Aqui é assim mesmo, é a lei do dente por dente.

Dona Bambuzeira apressou-se lembrando que precisava encontrar o outro filho que ainda se encontrava na floresta.

— Já perdi uma filha e meu filho ainda não voltou para casa. Vou procurá-lo antes que aconteça o mesmo que aconteceu com minha filha. A humanidade está de um jeito que não pode ver uma melancia e quer logo devorar.

Ela apanhou o último pedacinho de casca sendo ajudada pelo esposo que passou o tempo todo cabisbaixo e em silêncio. Saíram.

Naquele instante olhei para Luane e ela estava pálida, assustada, os olhos saltando do rosto fitando o infinito.

— Luane, o que você tem?
— A melancia, Kauy. Está esquecido que eu chupei uma melancia.
— Sim, isso não quer dizer nada.
— E se a melancia que eu chupei não fosse apenas melancia?
— O que você está dizendo?
— Sim, pode ser que eu tenha assassinado o filho que dona Bambuzeira e sr. Melan procuram.
— Pelo amor de Deus, Luane, o fato deles serem melancias não significa que toda melancia é um ser humano. Vamos com calma.
— Eca, Kauy, estou com remorso... e com nojo.
— Isso está parecendo antropofagia vegetal — disse cinicamente o rato Kiut e eu, claro, mandei ele calar a boca e parar de falar besteira.
— Vamos atrás dela, precisamos ajudar dona Bambuzeira e sr. Melan.
— Não adianta — disse a voz do corpo invisível, emanando da copa das árvores. — É melhor apressarem-se para fugir daqui porque o castigo para quem mata alguém da família de dona Bambuzeira é terrível. Ela pode fazer uma feitiçaria e transformar vocês em bagos de jaca.
— O que? Mas eu não sou assassina. E se fui eu quem comeu ou chupou, sei lá, a filha dela, a culpa não foi minha — desculpou-se Luane.
— Verdade — completou Kiut. — Afinal de contas eles não tinham uma placa na testa dizendo: *ei, eu sou gente, cara!*
— Vamos embora, isso aqui está ficando muito perigoso.
Montamos nas bicicletas, Kiut abaixou-se dentro da mochila e disparamos rumo a Karianthos.

A PLACA

Finalmente chegamos à colina do Kundun e lá estava a mansão dos Karianthos. Respirei aliviado. Desmontamos das bicicletas e a primeira coisa que me chamou a atenção foi a placa *Vende-se esta casa*, pregada no muro. Quem a teria colocado: tia Atineia, sr. Deodor? Impossível saber, eram tantos os mistérios e segredos que rondavam os atos daqueles dois!

— Caramba, Kauy, estou todo quebrado, surrado, estropiado, arrombado, lascado e desenganado. Foi tanto sacolejo dentro dessa mochila que eu mais parecia uma bola para lá e para cá num jogo do Barcelona contra o Real Madri. Ai, minha coluna! A culpa é sua, viu?

Achei foi graça, Luane também, e ele ficou mais irritado ainda. Depois emocionou-se:

— Eu não acredito que estou em Karianthos! Quantas lembranças boas dos tempos em que aqui vivi. Será que a condessa... será que a condessa ainda me espera?

— Você nunca me falou que existisse uma condessa na sua vida — afirmei.

— Nosso pouco tempo de convivência não permitiu que eu lhe revelasse todos os segredos da minha vida. Mas a condessa, Kauy, ela tem uma beleza indescritível. Amo-a mais fortemente do que Romeu a Julieta.

Luane arregalou os olhos e não acreditou no que ouviu.

– Romeu e Julieta? Foi isso mesmo o que você falou? Conhece Shakespeare?

– Há mais mistérios entre o céu e a terra do que possa imaginar a nossa vã filosofia!

– Agora deu bonzinho! Um mundo de problemas para resolver e você aí falando de amor e filosofia. Vamos entrar.

Ainda intrigado pela ausência da placa, nos adentramos até chegar na casa. Um silêncio horrível me incomodava, parecia que estávamos entrando nas veredas de um cemitério. Mas não era cemitério, afinal meus pais estavam vivos. E vivo também estava o meu amigo Lâmpada. Sua luz até pareceu mais intensa quando nos avistou.

– Kauy, Lune, vocês voltaram? Que bom, meus amigos!

Como eu já havia revelado a Luane grande parte do segredo das árvores, então perguntei ao longe:

– E meus pais, estão bem?

– Sim, Kauy, mas a previsão da meteorologia não é nada animadora. Nem sei se eu conseguirei me segurar em pé. Dentro de 24 horas a tempestade deve atingir Karianthos e os ventos vão chegar a mais de 250 quilômetros por hora.

– Meu Deus! Preciso proteger meu pai e minha mãe. Eles estão acordados?

– Seu pai sim, sua mãe está dormindo.

– De novo? Da outra vez foi a mesma coisa. Mamãe precisa acordar para falar comigo.

– Não Kauy, acorde ela não. Ela precisa estar bem descansada e forte na hora da tempestade para se proteger dos ventos e não ser arrancada pelo tufão.

– Tudo bem, eu vou lá conversar com meu pai.

– Posso acompanhá-lo?

– Ainda não, Luane, por favor.

– Tá bem, eu vou para o quarto, estou super cansada.

– Deixe a porta aberta para eu entrar, tá?

— Claro, mas entre em silêncio. Boa noite.
— Boa noite.

Achei que Kiut fosse ter a mesma atitude de dizer boa noite e deixar-me a sós com meus pais. Mas quando o procurei ele já havia sumido, provavelmente à procura de sua condessa.

PAPAI PRECISA SABER DA TEMPESTADE

Entrei sublime no quintal e sentei no colo de papai. As folhas como mãos carinhosas tocaram meu rosto enquanto ele disse que sentia muita saudade.

— Eu também, papai. E queria muito tirá-lo daqui.

— Mas aqui é o meu lugar.

— Não, eu queria levá-lo para dentro de casa. Lá tem sofá, cadeiras, cama, tudo para deixá-lo mais agasalhado e protegido do vento, da chuva e do sol.

— Mas não esqueça que sou uma árvore, meu filho, e árvore não necessita de tudo isso.

— Eu sei, papai, mas acontece que tudo demais é muito.

— Aqui em Karianthos pelo menos tudo isso tem chegado na medida certa. A não ser que... você está sabendo de algo, meu filho? A previsão do tempo: o que a meteorologia está dizendo? Por acaso está sendo anunciada alguma tempestade?

— Poxa, papai, sem eu nem dizer o senhor já deduziu? É isso mesmo, meu amigo Lâmpada que falou.

— O Lâmpada? Pois saiba que ele é um exagerado. Como ele é grande, vive aumentando as coisas de tamanho. Dê um desconto.

— Sei não, papai, dessa vez eu acho que ele não está exagerando. Disse que a tempestade vai chegar em 24 horas e que o vento passará a uma velocidade de 250 quilômetros por hora.

Meu pai se calou por um instante. Senti que ele estremeceu com a notícia. Sabia que aquilo podia significar o seu fim e, principalmente o de minha mãe, que estava dormindo e possuía raízes mais frágeis por conta de um fungo do qual fora acometida tempos atrás.

— Meu Deus, como vou protegê-la? Você pode nos ajudar, filho?

— Não sei, papai, mas vou tentar de todas as formas.

— Pense, converse com o Lâmpada, ele é meio viajado mas tem umas ideias curiosas.

— Pode deixar, vou conversar com ele sim. Ah, o senhor falou de mim para mamãe?

— Sim, falei e ela está morrendo de curiosidade para lhe ver. Chorou muito quando soube que você veio aqui e ficou uma fera porque eu não a acordei.

— Dessa vez ela vai me conhecer e vai ser amanhã cedinho. Agora vou falar com o Lâmpada. A bênção, papai.

— Deus o abençoe, meu filho.

Toquei carinhosamente as folhas da minha mãe e senti a doçura da sua pele. Afastei-me e logo estava no pé do poste, iluminado por meu amigo Lâmpada.

— Temos de fazer alguma coisa, me dê uma luz, amigo.

— Se eu tivesse a solução nem precisaria ter deixado a mensagem no seu Facebook para vir aqui com urgência. Tenho pensado muito, Kauy, mas confesso que não sei o que fazer. A não ser que...

— O quê?

— Que você converse com o sr. Lingardo.

— Sr. Lingardo?

— Sim, ele mora na vereda dos Estrobinos, no pé da colina do Kundun. É um senhor de bom coração e talvez ele possa nos ajudar colocando pedras sobre as raízes do seu pai e da sua mãe. Assim o vento forte não conseguirá arrancar as árvores.

— Boa ideia, Lâmpada, mas terá de ser pedras pesadas. Como o sr. Lingardo conseguirá transportartá-las?

— Ele não conseguiria sozinho, mas com os boitucos sim.
— Boitucos, o que é isso?
— São os bois de carro que ele possui. Tem o dobro do tamanho de um boi normal e são fortes como Hércules. Mover as pedras será moleza para eles.
— Então eu vou lá, agora mesmo.
— Não, agora não. Daqui até lá você poderia ser atacado por lobos e raposas. Além disso os boitucos vigiam o sr. Lingardo enquanto ele dorme e quem se aproxima eles atacam com seus chifres curvos e afiados. Vá descansar e amanhã cedo o aconselho a procurar a ajuda.
— Você acha mesmo que devo esperar? E se a tempestade chegar antes do tempo previsto?
— Não se preocupe, Kauy. Aqui em Karianthos a meteorologia não falha.
— Antes falhasse e essa tempestade não acontecesse.
— Melhor fazer o que lhe aconselho.
— Está bem.
Cheguei no quarto e Luane estava dormindo, mas de vez em quando se contorcia e a testa franzia. Aquilo me chamou a atenção. Observei-a por algum tempo e depois adormeci.

O REMORSO DE LUANE

    Mesmo dormindo enrolada em um lençol que havia trazido na mochila, muitos pensamentos passavam pela cabeça de Luane. O que incomodava era o remorso, a dúvida se tinha ou não devorado a filha do sr. Melan e dona Bambuzeira. Estava apreensiva também com a possibilidade de ser amaldiçoada. A confusão era recheada pela imagem anterior que formara daquela senhora. Ela foi tão amável da primeira vez em que nos vimos. Será que a voz do corpo invisível que nos aconselhou a fugir quis apenas nos assustar?
    Realidade e sonho pareciam não ter fronteiras. Na cabeça de Luane, dona Bambuzeira era, naquele momento, uma implacável e aterradora vilã. Não tinha nada da senhora meiga que conhecemos. Parecia uma bruxa raivosa. Olhos espichados, boca trêmula, a voz rouca e arrastada passando apertada pela garganta. E o mais terrível era o que dizia:

— Você vai pagar caro, menina, vai pagar muito caro pelo que fez. Você comeu minha filha e acabou com a alegria da minha vida. Mas terá o castigo que merece, nunca, nunca mais terá sossego.

— Mas a senhora não tem certeza se fui eu, nem eu tenho certeza, apenas chupei uma melancia.

— Claro que tenho certeza e por conta da sua maldade vai ser transformada em um abutre do bico bem curvo e sujo. Seus olhos ficarão vermelhos como poças de sangue.

— Mas o feitiço não era ser transformada em um bago de jaca?

— Que bago de jaca que nada, vai se transformar é num abutre bem federonto e sua alma vai arder nas chamas do inferno. Bandidaaaaaaaaaa. Assassinaaaaaaaaaaa. Criminosaaaaaaa...

Aquelas palavras deixaram Luane em choque e fizeram com que ela acordasse assustada no meio da noite. O grito que soltou ecoou por toda a casa e até mesmo pelo quintal, onde meu pai adormecia ao lado da minha mãe. Por causa do vento e de tantos outros ruídos da noite é que não distinguiram sua procedência. Lâmpada, esperto e iluminado como ele só, desconfiou, mas preferiu deixar o dia amanhecer para saber detalhes comigo.

— Luane! Luane, o que foi?

Ela sentou na cama tremendo de medo e chorando apavorada.

— Dona Bambuzeira está me perseguindo, ela disse que fui eu quem matou a filha dela.

— Você ficou impressionada com isso, Luane. Mas não fique assim, não dá para ter certeza se a melancia que você chupou foi mesmo a filha da dona Bambuzeira.

— Mas como eu não tenho certeza de que não fui eu, a dúvida me apavora.

— Mesmo que tivesse certeza não poderia ficar se torturando. Na sua consciência o que estava degustando era uma melancia e pronto. Não há motivo mesmo para esse martírio.

— Mas dona Bambuzeira está sofrendo, Kauy. Gostaria muito de poder ajudá-la.

Mal pronunciou a palavra ajudá-la e soltou um grito estridente pulando para minha cama, abraçando-me com força.

— Calma, Luane, calma.

— Ela quer me matar, Kauy. Me salve, me proteja, por favor.
— Não se preocupe, estou aqui ao seu lado, relaxe.

Toquei a mão no pescoço dela e vi que estava com febre. Estava tendo alucinações. Instantes depois ela desfaleceu. Deitei-a e fui conversar com o Lâmpada para que me orientasse.

— Pegue ali adiante quatro folhas de caneira — ele falou. Disse ainda que se trata de uma planta típica de Karianthos com alto poder de cura.

Fiz o que ele falou, espremi o caldo em uma tigela e dei para Luane. Instantes depois ela adormeceu e parecia estar relaxada para enfrentar o resto da noite. Também adormeci.

DIANTE DOS BOITUCOS

No dia seguinte tivemos que nos apressar. Nem parecia que Luane havia sofrido tanto na noite anterior. Mal surgiram os primeiros raios de sol e ela já estava sentada na cama, olhando para mim. Acordei com o sorriso dela, um sorriso lindo como eu nunca havia reparado antes.

— Bom dia, Kauy!

— Bom dia, Luane, você está linda.

— Linda, assim toda despenteada. Devo até estar com remela nos olhos.

— Mas, está linda sim. Sua expressão é de uma pessoa saudável, bem diferente de ontem, que estava pálida, com febre e delirando.

— Verdade, eu estava muito mal mesmo.

— Foi o Lâmpada quem ensinou um chá de caneira. Planta milagrosa, viu?

— Preciso agradecer.

— Ele ainda deve estar dormindo. Depois você agradece. Agora é hora de escovar os dentes e se preparar para uma outra missão muito difícil. Vamos à casa do sr. Lingardo.

— Sr. Lingardo? — ela perguntou assustada.

— Sim. Precisamos lhe pedir um grande favor. Ele mora na vereda do Estrobino, bem no pé da colina do Kundun. Possui alguns boitucos que usa para arar a terra e, segundo o

Lâmpada, esses animais são muito fortes, tem o dobro do tamanho de um boi. São fortes mas também são muito ferozes, principalmente durante a noite, quando se tornam os guardiães do sr. Lingardo.

— Mas para que você quer os tais boitucos, Kauy?

— A ideia é que o carro que eles carregam seja fretado de pedras e essas pedras sejam trazidas e colocadas sobre as raízes dos meus pais.

Luane arregalou os olhos. Eu havia tocado nesse assunto sem muitos detalhes, mas dessa vez tive que contar toda a verdade.

— Que dizer que seus pais agora são árvores mesmo? Eu achava que tudo não passava de uma invenção de sua cabeça.

— São árvores sim, e meu medo é que sejam arrastados pela tempestade que está sendo anunciada pelo serviço de meteorologia de Karianthos. Pode ser que o olho do furacão acabe passando bem aqui nesta área. Então, o que pode acontecer, só Deus sabe.

— Ave Maria, Kauy, temos de nos apressar mesmo. Vamos falar com o sr. Lingardo na vereda do Estrobino.

Luane, que não estava de camisola — havia dormido com a mesma roupa da viagem — só calçou os tênis e ficou a postos. Saímos em passos apressados e, depois de andar cerca de vinte minutos, chegamos ao sítio do sr. Lingardo. A pastagem era muito verde e um açude atraía garças e outras aves cuja espécie não conheço. Algumas enormes e com expressões desconfiadas. Nossos corações bateram mais forte. Caso quisessem nos atacar não teríamos como nos defender. Quanto aos boitucos, logo os avistamos deitados, dormindo. Eram quatro e suas feições eram mesmo de arrepiar. Além dos chifres curvos, seus dentes saíam fora da boca e tinham cor roxa. O pelo era liso na barriga, mas no lombo e em torno do pescoço tinham espinhos muito afiados. Senhor Lingardo também não dava as caras e se abríssemos a boca para chamá-lo, os boitucos poderiam acordar e nos atacar. Então saímos, sorrateiramente, até o mais próximo possível da casa onde ele morava Uma casa tão estranha quanto os boitucos. Tinha a forma de um caramujo em cima de uma lâmina de água cuja fundura não sabíamos.

— Cuidado, Kauy, pode ser muito fundo e também ter jacarés.

— Mas eu tenho que entrar, você fica aí me aguardando.

— Estou com medo — ela disse.

— Acalme-se, está tudo bem. Ficar com medo só faz piorar as coisas.

Tentei confortá-la, mas confesso que meu coração parecia uma batedeira elétrica. Como não tinha alternativa, arregacei as calças e toquei os pés na água. Parecia gelo. A água bateu no meu umbigo. Logo senti algo mole se enroscando em meus pés. Sofri sozinho para não alarmar Luane. Mais tarde é que fiquei sabendo que se tratava de moreias da região dos Estrobinos, inofensivas, mas asquerosas. Quem me contou foi o sr. Lingardo, depois que conseguimos falar com ele.

— Olá, tem alguém aí? — Perguntei baixinho e não tive resposta.

Insisti com a mesma pergunta e o mesmo tom, de vez em quando olhando para o lado para ver se os boitucos continuavam dormindo. Naquele instante surgiu da casa, com jeito de caramujo, o sr. Lingardo. Um homem de altura incomum, parecia ter uns três metros de altura. Só de barba tinha para mais de um metro. Seus olhos eram puxados para os dois lados, como de chineses, só que em posição vertical. Os dentes eram amarelos, mas tinha dois caninos azuis. Os braços fortes e musculosos, as mãos escamadas e as unhas... dessas escorria uma gosma incolor. Observei que dos ouvidos e das narinas também minava a mesma gosma, algo semelhante à substância que exala dos caramujos. Ao soltar as primeiras palavras pude perceber que tinha a voz grave, muito grave, tão grave quanto o estrondo de um trovão. E para completar, estava carregada de ira.

— Como ousa tocar os pés na água que banha minha casa?

Fiquei sem palavras, quase caio para trás naquela água de moreias. Olhei para Luane e ela também estava com o rosto pálido, tanto quanto estivera na noite anterior. E o pior de tudo é que os boitucos acordaram. Começaram a mugir de uma forma ameaçadora quando concluí: estamos fritos.

— O que devemos fazer, Kauy? Não tem para onde correr.

— Correr? Indagou sr. Lingardo. — Vocês acham mesmo que conseguirão escapar? Pensei que os visitantes fossem inteligentes. Afoitos, mas inteligentes. Que decepção, não gosto de pessoas ingênuas demais. O que querem na minha morada?

Nesse instante os boitucos já haviam parado de mugir e não mais avançavam em nossa direção. Ficamos um pouco mais calmos e tratei de explicar o motivo da nossa visita.

— Precisamos da sua ajuda, senhor.

— Ajuda? Não posso estar ajudando todo mundo a troco de nada. E ajudo sim, mas quando o motivo é muito importante. Quando se trata de uma ação em prol de alguém ou de uma comunidade. Antes quero que responda qual o seu nome.

— Kauy.

— Kauy? Nome esquisito. Mas cada um tem o nome que merece. Por que veio até aqui, explique-se melhor. Saia dessa água, venha para dentro da minha casa para conversarmos. E a garota, é sua namorada?

Luane sorriu meio sem graça e eu também fiquei sem saber o que dizer.

— Não, ela é minha amiga.

— Então venha para cá, menina.

— Não — eu dei um grito. — Ela vai se assustar com as coisas moles que tem aqui dentro.

— Ah, as moreias são inofensivas, só fazem um pouco de cócegas. Mas pode deixar, eu ajudo você a atravessar.

Sr. Lingardo deu apenas três passos e já estava diante de Luane. Abaixou-se e tomou-a nos braços. Precisava ver a cara de pavor de Luane, pavor e nojo. A baba do sr. Lingardo tocou no cabelo dela, que não pode reclamar de nada. Ele entrou pelo oco da casa com jeito de caramujo e eu fui atrás. Havia uma música muito suave, mas gostosa de ouvir. Parecia o som de uma flauta. Perguntei quem estava tocando:

— O vento, ele sempre toca para me acalmar. Adoro essa melodia, é uma ária, composta por um coro de querubins há muitos séculos e executada pelo vento de maneira intermitente.

— O vento está sempre tocando essa mesma música? Não enjoa? — perguntou Luane, já um pouco mais calma no momento em que ele a colocou no chão.

— Não, porque ela varia. O ritmo fica um pouco mais lento ou mais acelerado, a música fica mais intensa ou mais suave e isso de acordo com o meu estado de espírito.

— Então o senhor consegue interferir nas forças da natureza?

— Mais ou menos. Quando o vento está muito forte, eu conheço algumas palavras que o fazem se acalmar. Dessa forma vamos convivendo harmoniosamente — ele disse.

Luane olhou para mim. Aquilo poderia ser uma pista para salvar meus pais da tempestade. Então fui direto ao assunto.

— O senhor tem condição de desviar o curso de um furacão?

— Kkk Assim já é demais, garoto. O furacão é um cabeça dura. Quando ele resolve destruir uma região não tem quem segure. Quando falo do vento me refiro a uma brisa ou um ventinho de no máximo 50 quilômetros por hora. Esses furacões são ventos revoltados que atingem velocidades absurdas de 250 quilômetros ou mais. Quem sou eu para segurar tamanha força?

— Ah, que pena! — disse Luane.

— Mas por que vocês me fazem essa pergunta?

— Porque o serviço de meteorologia prevê a passagem de um furacão aqui em Karianthos — expliquei. E na casa onde estamos existem duas árvores que não podem ser arrastadas.

— E onde é que vocês estão?

— Ali — Luane apontou.

— Na mansão dos Karianthos? O que fazem lá? Aquele lugar é assombrado. Dizem que mortos-vivos vagam durante a noite e que são os espíritos do sr. Karianthos e da esposa dele. Pessoas que foram muito boas quando vivas, mas depois que faleceram, são de dar medo.

— Não fale assim dos meus pais.

Falei e depois vi a besteira que tinha feito. Senhor Lingardo aboticou os olhos e não acreditou no que ouviu.

— Você é filho do sr. Karianthos? Não pode ser! O filho dele foi levado pela tia quando ainda tinha somente uma semana de vida. Espere, isso faz doze anos. Qual a sua idade, garoto?

— Doze — respondi.

— Então pode ser você sim. E saiba que não disse que seus pais são do mal, disse apenas que as pessoas dizem que seus espíritos vagam durante a noite e que isso é assustador. Mas eu não me incomodo com isso, sequer acredito nessa história de espíritos que vagam na noite, acho que é tudo invenção de quem ainda não chegou no estágio da evolução. Quero que saiba que o que for preciso para ajudar o filho do meu amigo, o sr. Karianthos, farei com muita honra. Jurei a ele que seríamos grandes amigos até o fim da vida.

— Posso lhe fazer um pergunta, sr. Lingardo?

— Como sabe do meu nome? — ele estranhou.

— Foi o Lâmpada que falou — disse Luane.

— O Lâmpada, sempre querendo ajudar as pessoas. Pois não, qual é a pergunta?

— O senhor conhece o segredo das árvores?

Senhor Karianthos coçou a barba, mexeu os olhos para os dois lados, tossiu e respondeu que não.

— Se é segredo, garoto, como eu poderia saber?

— Nenhum segredo é segredo por muito tempo. Sempre tem alguém para contar e quando menos se espera, muita gente já está sabendo.

— Menos eu, eu não sei absolutamente nada desse segredo que você fala.

— Então está bem. — eu disse. — E se é um segredo, assunto encerrado.

— Que maldade, Kauy, como é que você faz uma provocação desse jeito. Além do sr. Lingardo, eu também continuo muito curiosa para saber mais sobre o segredo das árvores.

— Tudo bem, eu me comprometo a um dia revelar todos os detalhes para vocês. Agora precisamos agir para não deixar que o pior aconteça. É que tem duas árvores frondosas no quintal da mansão dos Karianthos que não podem ser arrastadas de lá pela força do vento. Então, sr. Lingardo, eu e Lâmpada achamos que poderia nos ajudar colocando uma carroçada de pedras no pé das árvores. Assim o vento não conseguirá arrastá-las.

— De fato é uma boa. O Lâmpada sempre com ideias muito iluminadas! Para quando seria isso?

— Agora, imediatamente.

— Mas acontece que agora os boitucos devem descansar porque passaram a noite me vigiando. Sonolentos eles viram verdadeiras feras.

— Caramba, e agora? — questionou Luane.

— Então vamos esperar que eles descansem um pouco, e assim que acordarem, o senhor leva as pedras, pode ser?

— Sim, eu prometo. Antes da noite chegar lá estarão as pedras.

— Obrigado, sr. Lingardo, tinha certeza que seria muito generoso comigo e Luane.

Ele sorriu. Naquele momento o achei bonito, apesar do jeito tão esquisito.

Ele nos colocou nos braços e, de tão pequenos, parecíamos bebês no colo da mãe. Atravessou a lâmina de água e nos deixou bem na porteira do seu terreno.

Voltamos. Ainda no caminho Luane insistiu para que eu falasse mais sobre o segredo das árvores. Hesitei mais uma vez. Ela pegou na minha mão e senti algo diferente naquele instante. Olhei bem nos olhos dela e percebi que brilhavam.

Um sentimento estranho, bonito e intenso. Do nada começamos a sorrir. Riso diferente, de quem tem um desejo que um dia precisa ser revelado. Percebi claramente que Luane pudesse ser para mim muito mais do que a amiga que eu tanto admirava. Mas aquilo era muito confuso na minha cabeça e senti que na dela também. Tentamos disfarçar. E para que nenhum de nós ficasse com cara de bobinho por muito tempo, resolvi contar para ela o verdadeiro segredo das árvores.

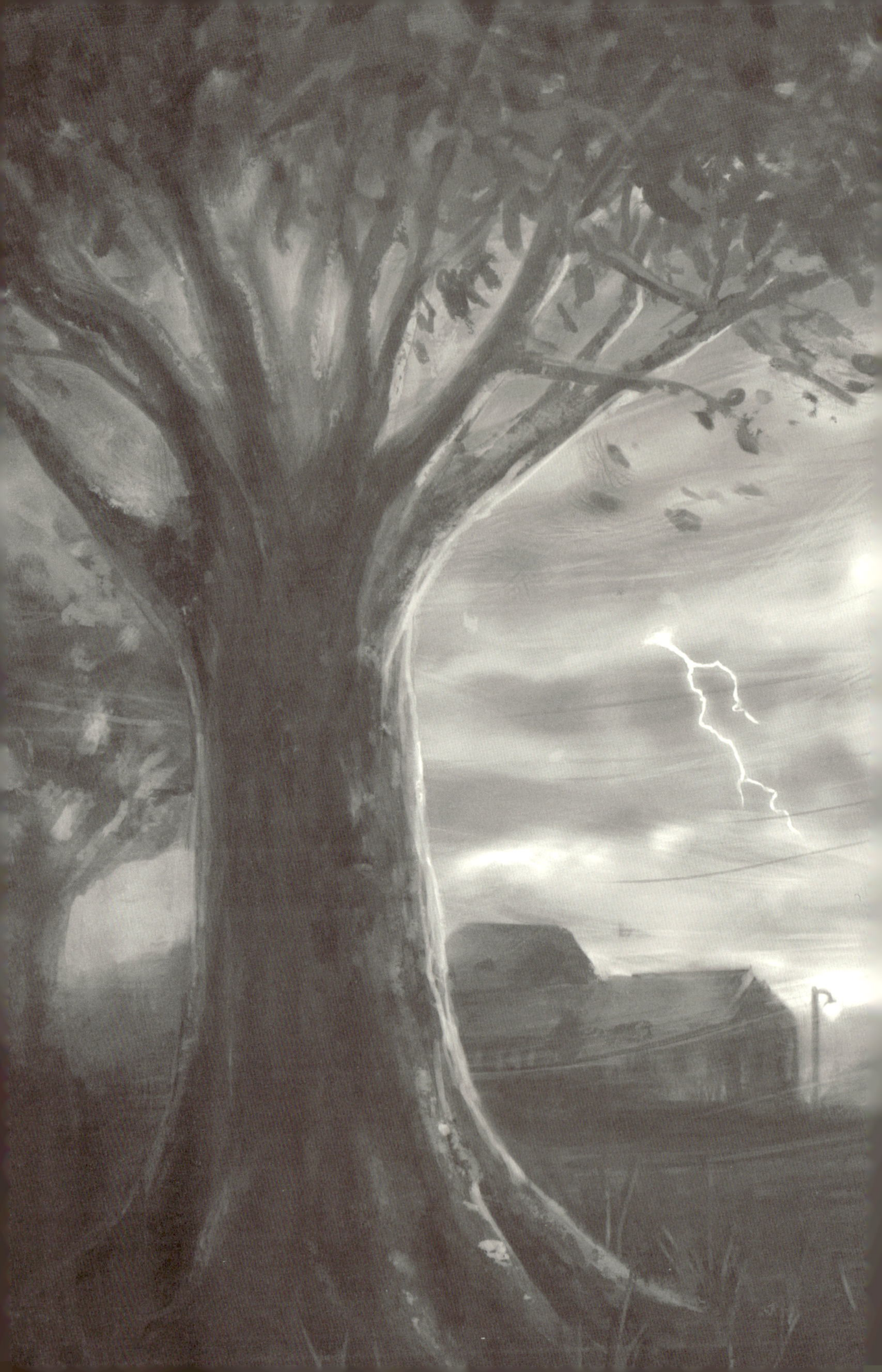

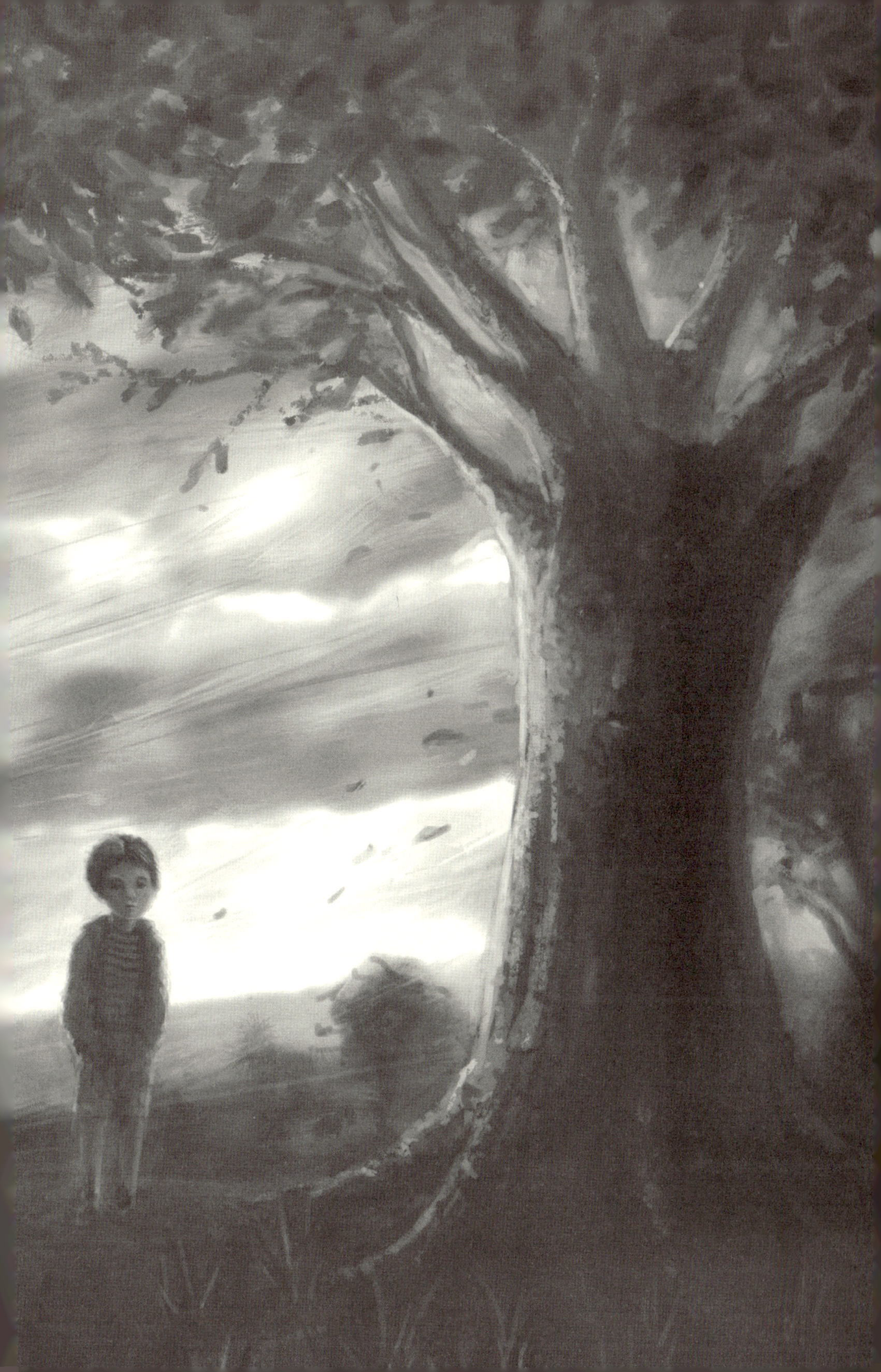

DIÁLOGO COM MAMÃE

Conhecendo todos os detalhes do segredo das árvores Luane entendeu porque eu era tão evasivo quando tocava no assunto dos meus pais. Havia prometido ao Lâmpada que não revelaria o segredo, a não ser para alguém da minha extrema confiança. Luane era para mim tão conhecedora dos meus planos quanto eu dos dela, tínhamos uma cumplicidade que me dava garantias para revelar tudo aquilo que estivesse querendo realizar. Ficaria até mais fácil bolarmos qualquer plano para tentar salvar meu pai e minha mãe da tempestade. Por isso, contei.

Chegamos na mansão ainda cedo, era perto de oito da manhã. Comemos frutas e logo fui conversar com o Lâmpada. Contei-lhe da possibilidade de contarmos com a ajuda do sr. Lingardo e dos seus boitucos. Ele ficou muito orgulhoso de mim. Depois fomos, eu e Luane, até onde estavam meus pais. Minha mãe estava lá, agora acordada e me aguardava para um abraço com os galhos e folhas abertas e um sorriso sublime. Chorei um pouco, Luane percebeu minha lágrima e passou sua mão delicada em meus olhos.

— Obrigado, Luane.
— É sua mãe? — ela perguntou.
— Sim, e este é meu pai.

A reação de Luane me deixou um pouco confuso. É que ela não cumprimentou meus pais, parecia que estava diante de duas árvores quaisquer. Eu ainda disse para ela:

— Luane, fale alguma coisa.

— Falar o quê? — ela questionou.

Notei que ela não via meus pais como gente e sim, apenas como duas árvores fincadas no chão. Confesso que aquilo me deixou triste, tive a sensação de que meus pais fossem apenas fruto da minha imaginação. Então pedi a Luane para retornar que eu a encontraria mais tarde.

— Tudo bem, Kauy, vou ler um pouco, trouxe um livro em minha mochila, *Os olhos de Ilberon.*

— Os olhos de Ilberon?

— Sim, um senhor com muitos séculos de vida que depois de ter os olhos roubados por uma águia, parte numa grande jornada para encontrá-los.

— Curioso, você me deixou curioso.

— Precisa ver que história curiosa e interessante.

Economizando as palavras, sorri e ela entendeu que eu queria ficar a sós. Então seguiu deixando-me nos braços de meus pais.

— Você está tão crescido, meu filho. Um homem lindo.

— Obrigado, mamãe, a senhora também é linda, a senhora e papai.

— Eu, Kauy? Eu não passo de uma árvore velha, cheia de cascas e folhas murchas.

— Claro que não, mamãe. A senhora é linda, sim.

Voltei-me para meu pai.

— Papai, tem uma coisa que está me deixando muito preocupado, mas eu não queria transferir para o senhor essa preocupação.

— Pode falar, meu filho.

— É sim, Kauy, pode falar, seu pai e eu estamos preparados para tudo.

— É que tanto da outra vez que eu vim a Karianthos como esta, encontrei uma placa de *Vende-se* pendurada no muro. O senhor autorizou alguém?

— Eu? Claro que não. Não converso com ninguém há anos, a não ser com sua mãe e agora com você.

"Estranho, muito estranho. Só pode ser coisa mesmo da tia Atineia e do sr. Deodor", pensei. "Mas será que eles conhecem o caminho de Karianthos?"

— Tinha alguma forma de contato, telefone, endereço de alguém?

— Não, tinha somente o letreiro e as iniciais ADK.

Meu pai pigarreou. Desconfiei que ele conhecesse aquelas iniciais ou sigla, mas não quis insistir. Preferi mudar de assunto e ser claro em relação à proximidade do furacão e a ajuda que devíamos receber do sr. Lingardo e de seus boitucos.

— Lingardo! O velho Lingardo está vivo. Espertalhão, vive driblando a morte. Vai ficar para semente, sabia?

— Como ficar para semente, papai?

— Assim, se um dia o mundo acabar, ele será o remanescente, o único vivente que terá conseguido vencer a morte. Coisa do Lingardo.

— Então, papai, se isso acontecesse, a próxima geração de humanos seria de gigantes. A terra ia ser um planeta só de gigantes, seria fantástico!

— Kauy, sr. Lingardo é muito esperto. Se você tornou-se amigo dele, tenha cuidado. Ele é do tipo que quando alguém pensa que ele está indo, já está voltando.

Sorri e assegurei.

— Mas no caso de hoje ele virá sim. Me prometeu e está apenas esperando os boitucos descansarem. Trará pedras para colocar sobre as raízes de vocês para o vento não levar na hora da tempestade.

— Excelente ideia. Quem teve essa sacada tão genial?

— O Lâmpada.

— Ah, pensei que fosse você.
— Mas eu o ajudei a raciocinar.
— Logo vi. O Lâmpada é iluminado, mas não é um gênio! — gargalhou meu pai.

Nem parece que eu vivia separado dos meus pais. Em poucos instantes nossa conversa fluía em um grau de intimidade incrível. Mamãe até perguntou se eu já tinha namorada. Fiquei meio sem jeito e depois disse para ela que tem uma garota que eu gostaria que ela conhecesse.

— Mas não é minha namorada, tá, é amiga, uma amiga muito especial.

— Entendi, Kauy, entendi muito bem — foram as palavras do meu pai.

Mamãe ficou toda curiosa. Perguntou quem era a família dessa amiga tão especial, se ela gostava de estudar, perguntou até se usava roupas muito curtas. Tomei um susto.

— Mamãe, não entendi.

— Ah, Kauy, as meninas de hoje são muito assanhadinhas. Amostradas, entende. Não curto o jeito periguete, acho que são muito atiradas.

— A senhora está muito atualizada sobre os costumes atuais, mamãe. Como obtém essas informações?

— O Lâmpada, ele vive conectado e parece caladinho, mas é um fofoqueiro danado. Gente fina, gosto muito dele!

Sorri e falei que teria de ir resolver umas coisas, mas voltaria logo. Dei um beijo em meu pai e em minha mãe, e saí. Precisava receber a visita do sr. Lingardo. Afinal já dava para ouvir o mugido dos boitucos se aproximando.

OPÇÃO DAS PEDRAS

Estalo no céu. Parecia que um edifício estava desabando mas era apenas o primeiro sinal da tempestade que se aproximava. O mugido dos boitucos, estrondosos e estranhos, tornou-se mais intenso e sr. Lingardo apressou-se em conduzi-los até meus pais. Orientou os animais a darem um giro de tal forma que a carroça ficou na posição adequada à descarga. Habilidoso, aquele senhor apressado e de tamanho enorme soltou parcialmente as cordas que prendiam os animais ao carro de madeira. Como uma caçamba, o lastro ficou inclinado e todas as pedras desceram, acomodando-se sobre as raízes das árvores.

Uma poeira enorme subiu no local e eu vi meus pais tossirem. Fiquei apreensivo, mas logo relaxei quando a poeira baixou e eles pararam de tossir. Senhor Lingardo prendeu novamente o carro aos boitucos e depois fitou meus pais por alguns instantes como se percebesse algo além de meras árvores.

– Conversei muito com seu pai aqui neste quintal, garoto. – disse, lembrando de bons momentos vividos tempos atrás.

Estava emocionado, passou as mãos nos olhos, sorriu para mim e falou:

– Pronto, não tem como o vento arrancar estas árvores. As pedras são suficientes para mantê-las bem firmes na terra.

Estirei a mão para agradecer.

– Obrigado, sr. Lingardo!

Quando ele estirou a mão e pegou na minha, tive vontade de sorrir ao perceber que, de tão grande, mais parecia uma folha de palmeira. Nesse instante os boitucos mugiram, não sei se de ciúme ou apenas para apressar o patrão. Sr. Lingardo subiu na carroça e partiram.

Escutei outro estrondo e já não era mais o barulho das pedras do sr. Lingardo, agora eram trovões que se aproximavam na companhia de relâmpagos intermitentes. Não havia mais uma nuvem branca sequer e nem mesmo algum ponto azul no céu. Tudo estava turvo, cinzento e a tarde ganhava feições de um começo de noite, embora o relógio marcasse apenas 16 horas.

Em meio aos estrondos e à ventania que me tirava o equilíbrio, meus pais gritaram em uníssono.

– Corra, Kauy, vá para dentro da casa, proteja-se, filho.

Fiz o que eles mandaram, não por vontade, mas porque, se ficasse, provavelmente seria levado como uma folha no outono. Ao passar pelo Lâmpada, vi que ele estava lá, também tentando se proteger, embora vez por outra soltasse faíscas devido ao choque dos fios açoitados pelo vento. Escutei dele a mesma frase pronunciada por meus pais:

– Corra, Kauy, vá para dentro da casa. Proteja-se.

Apressei-me e entrei no quarto onde Luane me aguardava apreensiva. Ela estava em pé, no canto do quarto, enrolada em um cobertor e, assim que entrei, correu para me abraçar. Parecia o reencontro depois de uma longa viagem. Tinha no abraço um carinho e um calor confortante e diferente. Percebi em Luane muito mais do que um aconchego. Naquele abraço que durou um minuto, senti uma energia e uma vontade de não desgrudar nunca. Ela me protegia, eu a protegia e os perigos da tempestade foram, por um instante, suplantados por uma sensação de segurança e superação. Olhamos um para o outro com nossos rostos bem próximos. Luane respirava diferente, minha respiração também não era a mesma. Não entendia o que estava se passando, só sei que o abraço de Luane era como um casaco de lã que agasalha em uma nevasca.

— Você está com medo, Luane?
— Estava com muito medo, agora estou mais segura. Será que a tempestade vai causar destruição?
— Tempestades sempre deixam rastros de destruição, mas é preciso acreditar que nada demais vai acontecer.
— Você me passa muita segurança — ela disse.
— Ao seu lado eu também me sinto mais forte, Luane.
— Eu tenho uma ideia, vamos deitar enrolados no cobertor. Aí a gente se protege melhor da tempestade.
— Sim, claro.

Eu concordei com Luane, mas confesso, minhas pernas estavam trêmulas. E já não era mais o medo da tempestade, e sim o de ficar pertinho de Luane, enrolado no mesmo cobertor.

Mas enfim, ficamos, eu ao lado dela, ambos olhando para o teto do quarto que tinha o desenho de algumas estrelas. Deixamos as cabeças de fora e sempre que o clarão de um relâmpago entrava pela brecha da janela ela apertava a minha mão e eu a dela. Ficamos assim por um bom tempo.

A FORÇA DA TEMPESTADE

Ainda ouvia ao longe os mugidos estrangulados dos boicutos do senhor Lingardo descendo em disparada para o cercado onde viviam. Próximo mesmo era o zumbido do vento entrando pelas brechas das portas e das janelas, batendo impiedoso nas paredes da casa e castigando as árvores do quintal. Meu pai, como meu pai estaria resistindo àquele açoite? E minha mãe? Mamãe precisava ser forte.

— Vou lá fora, Luane, vou ajudar minha mãe.

Disse num impulso, ameaçando levantar da cama, mas logo fui contido por Luane. Ela apertou minha mão e disse:

— Não.

— Não vou deixar você sair, seria suicídio. Não vê que o vento está muito forte, Kauy? As pedras do sr. Lingardo vão manter todas as árvores presas à terra.

— Não tenho certeza, você também não tem. Eu preciso ir.

— Não, você fica.

Fiquei. Foram os momentos mais tensos da minha vida. A cada estrondo dos trovões, a cada galho de árvore que roçava no telhado, tudo era razão para que eu ficasse cada vez mais apavorado. E lá fora, meus pais indefesos viviam a agonia tentando evitar o pior.

— Segure firme em minha mão — disse meu pai, querendo proteger minha mãe.

— Estou tentando, meu amor, mas o vento está muito forte. Quase insuportável.

— Suporte. Mesmo diante de tanta dor, é preciso suportar o massacre do vento.

— Minhas folhas. Veja, minhas folhas, as folhas que me deixam tão bela, estão sendo levadas pela ventania.

— Não pense nisso agora, querida. Outras folhas nascerão na primavera. Procure apenas se manter firme no chão.

Nesse instante ouvi o mais forte dos estalos e arregalei os olhos. O pior é que não foi apenas o estalo do trovão, o raio que mirou as pedras que protegiam minha mãe é que agravou a situação. Elas se espatifaram e logo a terra começou a rachar. As raízes se contorceram e num piscar de olhos a árvore foi arremessada ao espaço. Papai tentou segurar, mas foi uma tentativa em vão. Luane não ouviu, mas eu escutei um grito enorme vindo do quintal.

— Não pode ser — falei.

— O que foi Kauy?

— Minha mãe, Luane, minha mãe foi levada pela tempestade.

— Acalme-se, Kauy, acalme-se, você não pode ter certeza.

— Tenho certeza sim. Eu vou lá.

Afastei o cobertor atônito, abri a janela, o vento revirou o lençol e ainda jogou um monte de entulhos para dentro do quarto. Luane desmanchou-se em choro. Gritei para ela fechar a janela assim que saí e caminhei me segurando nas paredes e nas plantas do oitão da casa. Longo demais pareceu o caminho, nem olhei direito para meu amigo Lâmpada que também procurava se defender ao seu modo. Aos poucos a ventania foi diminuindo. Os galhos e folhas das árvores foram se acalmando e eu consegui chegar ao quintal. Meu pai estava tomado pela dor e suas lágrimas se confundiam com as gotas da chuva que ainda caía com grande intensidade.

— Papai — eu falei.

— Filho, veja o que aconteceu.

Eu já tinha percebido. Havia uma cratera no lugar onde antes estava minha mãe.

— O senhor viu que direção ela tomou?

— A rajada era muito forte. Ela foi jogada para o alto e sumiu em meio a uma nuvem de poeira. Que horror, meu filho, que horror!

Tal qual a dor de meu pai era a que eu sentia naquele momento. Procurei o consolo no colo dele e ele, igualmente abalado, deixou que suas folhas acariciassem minha cabeça. Ficamos assim por algum tempo, debaixo da chuva até que ela cessou e tudo foi voltando ao normal. Fechei os olhos e lembrei do que minha mãe me dissera no nosso encontro. Como teria sido maravilhoso conviver com ela não apenas um momento, mas toda a minha infância. Pena que não foi assim, mas ao menos eu tive a oportunidade de conhecê-la, pensei. Abri os olhos e logo adiante estava Luane molhada, as gotas escorrendo pelos seus cabelos, pelo seu rosto e até pareciam lágrimas de dor.

— Não fique triste, Kauy, um dia nós vamos encontrá-la.

Aquilo me pareceu uma profecia. Talvez as palavras de Luane fossem mesmo um sinal de esperança. Minha mãe havia partido, mas era preciso saber em que direção o vento a havia levado. Quem sabe não encontrasse um outro solo e permanecesse árvore até que um dia nós a encontrássemos.

— Kauy — disse meu pai. — Vocês precisam retornar, não há mais nada o que fazer em Karianthos. Vão e entendam que a natureza é soberana. Às vezes a gente ganha, às vezes somos derrotados, às vezes não há vencedor nem derrotado, apenas a vida cumprindo o seu destino. Vou aprender a aceitar o que aconteceu hoje aqui, com o coração sangrando de dor, mas é preciso saber também suportar a dor.

— Papai, eu sei o que o senhor está sentindo porque talvez seja o mesmo que eu sinto agora. Nós vamos voltar a Recife sim, mas um dia retornaremos a Karianthos e não haverá um palmo de terra, um palmo de floresta, nenhuma montanha que não seja vasculhada. Só vou sossegar quando encontrar mamãe e a trouxer de volta para ficar aqui onde é o lugar dela, ao seu lado.

Meu pai sorriu, me deu um novo abraço e partimos. Eu e Luane saímos devagar. Olhamos para o Lâmpada e ele, sem que falássemos nada foi logo dizendo.

– Eu vi tudo, Kauy, e estou muito triste. Mas algo também me diz que um dia ela retornará ao seu lugar.

– Obrigado, amigo.

– Por nada.

Caminhamos e mais uma vez eu vi que a placa de *Vende-se* estava pregada no muro da casa grande. Lembrei que poderia ser uma artimanha da minha tia Atineia. Aquele era outro mistério que também precisávamos desvendar, afinal de contas, não podia admitir que ninguém vendesse a casa de meus pais.

GOTAS DE SANGUE

Quando íamos montando nas bicicletas, sr. Lingardo se aproximou um pouco cansado devido à carreira que tinha dado para saber se estava tudo bem.

— Não, sr. Lingardo, uma das árvores não resistiu. Um raio afastou as pedras e ela foi levada pelo vento.

— Oh, que pena! Sinto muito, garoto.

— Não se preocupe, eu sei que o senhor fez de tudo para ajudar.

— Verdade, o senhor e seus boitucos foram muito generosos, mas infelizmente aconteceu essa tragédia — disse Luane.

— Agora temos que ir, estamos com pressa porque amanhã teremos as provas do final de semestre na escola e também precisamos denunciar minha tia Atineia e sr. Deodor por terem nos aprisionado em um porão.

— E meus pais devem estar muito preocupados, eles nem imaginam onde estamos — disse Luane.

— Tudo bem. Querem que eu os leve no meu carro de boitucos?

— Não, pode deixar, nossas bicicletas já conhecem bem o caminho. Até outro dia.

— Até outro dia.

Foi o que disse sr. Lingardo observando enquanto nos afastávamos. Ele ainda olhou curioso para a placa e por conta própria a retirou da parede do muro e estraçalhou com uma grande pisada.

"Isso só pode ser coisa de Atineia!", ele pensou.

Demos algumas pedaladas e depois de algum tempo já havíamos cruzado o caminho de Karianthos quando olhei para Luane e vi que ela estava um pouco suja de sangue.

— Luane, o que é isso? Tem sangue na sua roupa.

Luane freou a bicicleta, olhou para sua calça e viu que realmente estava molhada. Ficou vermelha de vergonha.

— O que foi, Luane? Aconteceu alguma coisa, você está bem?

— Sim — ela disse querendo sorrir. — Acontece...

— Acontece?

— Acontece que isso acontece com toda garota da minha idade. É minha primeira menstruação, Kauy.

— Ah, tá...

Querendo ajudá-la mergulhei a mão na minha mochila para pegar algum papel para ela se enxugar. Mas vejam quem eu encontro.

— Saudades de mim, companheiros?

— Não acredito, você está aí, seu folgado?

— Kiut, onde é que você estava, hein? — perguntou Luane.

— Ah, estava matando a saudade das garotas de Karianthos, cada uma mais linda que a outra. Mas já estou de volta à minha querida e amada cidade do Recife, pronto para novas batalhas. Quer que eu vá buscar um absorvente, senhora Luane?

— Senhora, por que está me chamando assim?

— Claro, agora a senhora é uma mulher feita, acho até que deveria arranjar um namorado. E nem vai ter muito trabalho, não é Kauy?

— Você deixe de ser intrometido. Cuide da sua vida — eu disse, querendo encurtar assunto.

O fato é que Luane estava precisando se limpar, mas como já estava perto de casa, o jeito foi seguir assim mesmo. E foi naquele instante que lembrei que eu não teria para onde ir e fiquei triste. Luane percebeu a minha tristeza e perguntou por que eu estava assim.

— Não tenho mais casa, Luane.

— Você pode ficar na minha. Eu falo com meus pais, explico tudo direitinho e tenho certeza que eles vão ajudar.

— E eu? Lá tem um porãozinho para mim?

— Aí é outra história, acho que o melhor lugar para você era mesmo Karianthos, junto das suas garotas.

— Caramba, que objetividade, Luane. Para me acostumar novamente em Karianthos vai levar muito tempo. Estou apegado a esta cidade, entende, sou um cara cosmopolita e pós-moderno. Se não dá para me abrigar em sua casa, garanto que esperto do jeito que sou, não vou ficar no meio da rua. Sempre há um lugarzinho especial para caras espertos como eu.

Kiut disse aquilo e disparou. Ainda chamei pelo seu nome. Luane também, com um pouco de remorso, mas já era tarde. Talvez um dia voltássemos a encontrá-lo, pensei. E talvez, também, eu me adaptasse à casa de Luane, restava saber se os pais dela iriam concordar.

UM LUGAR PARA FICAR

Ao chegar em casa, Luane entrou sem chamar a atenção e foi direto ao quarto dela tomar banho. Levou-me puxando pelo braço e lá, sentado na cama, esperei que ela saísse do banheiro. Instantes depois apareceu com os cabelos molhados, a toalha cobrindo-lhe os pequenos seios.

— Feche os olhos — ela disse.

E eu, claro, não podia desrespeitá-la. Ela abriu o guarda-roupa, tirou uma roupa limpa e quando abri os olhos já estava penteando os cabelos. Disse para eu também tomar um banho. Tomei e vesti a mesma roupa, já que não poderia ser diferente. Se ao menos Luane tivesse um irmão, quem sabe uma roupa dele coubesse em mim. Mas naquele instante seria daquele jeito.

Do nada Luane me deu um abraço forte. Minha respiração ficou ofegante. Ela sorriu e pediu para que eu a acompanhasse. Fomos para a sala. Ficamos parados na porta de entrada. Ela pediu que eu ficasse lá como se estivesse chegando naquele momento e de lá mesmo chamou sua mãe.

Dona Aufânia e sr. Arturo entraram com cara de zangados.

— Onde você estava, menina, procuramos você feito loucos.

— Estava resolvendo uma bronca, mamãe, uma longa história.

— Você apronta cada uma, Luane — disse sr. Arturo com austeridade. Não faça mais isso, amanhã é dia de provas. Se tirar notas boas, vou relevar. Se ficar em alguma matéria, terá de explicar direitinho por onde andava. E Kauy, por que você está com essa cara de sonso?

— Eu, eu — eu gaguejei e não soube responder.

Luane explicou que eu tinha sido trancado no porão. Os pais dela se compadeceram e aceitaram que eu ficasse lá por um tempo.

— Aqui tem um quarto sobrando, Kauy, você fica nele.

— Muito obrigado, sr. Arturo e dona Aufânia, não sei como agradecer. Prometo ser um garoto bem comportado.

Luane, feliz com a recepção de seus pais à minha chegada, pegou na minha mão e me conduziu ao quarto onde eu ficaria.

— Obrigado, Luane, muito obrigado por tudo.

Eu disse olhando para os olhos dela e, naquele instante, o beijo que eu daria em sua face tomou o rumo de seus lábios. Ela não reagiu, ao contrário, me abraçou com a mesma intensidade com que meus braços envolveram seu corpo. Ficamos assim o tempo necessário para percebermos que seria impossível, dali em diante, nos enxergarmos apenas como amigos. Eu amo Luane. Luane me ama.

A garganta da serpente

PRIMEIRO DIA NA CASA DE LUANE

Fui recebido na casa de Luane como um filho e, como filho, deveria me comportar. Ao menos era essa a expectativa do sr. Arturo e dona Aufânia. Mas como assumir condição de irmão se meus olhos brilhavam ao ver Luane, se ela me seduzia em todos os seus gestos, até mesmo quando ficava em silêncio diante de mim ou de qualquer objeto da sala e do quarto. Luane estava mudando seu corpo, os quadris ganhavam volume, sua estatura deixava a minha em desvantagem, os seios avançavam na direção dos meus olhos. Mudanças muito sutis que eu só agora começava a perceber. Afinal de contas Luane já ia fazer 13 anos naquela semana e, embora eu aniversariasse uma semana após ela, meninos quase sempre só crescem um pouquinho depois das meninas. Eu teria que esperar pacientemente até alcançá-la de novo na estatura, e então, se viéssemos a nos beijar eu não precisaria ficar na ponta dos pés.

— Luane — chamei por ela quando estava baixando uma música no celular. — Se ficar mais alta do que eu quando terminar nossas fases de crescimento, você vai se incomodar?

— Claro que não, Kauy, não vejo problema nenhum em ter um amigo menor do que eu.

— Amigo, Luane?

Perguntei, arrasado. Percebi naquele instante que o beijo que trocamos no dia anterior não fora suficiente para ela perceber que eu estivesse apaixonado.

— Kauy, você não devia se preocupar com isso, deveria se preocupar com seus pais que ficaram em Karianthos e com sua tia Atineia e sr. Deodor. Eles podem tramar um novo plano para lhe raptar.

Respirei e, para não me sentir rejeitado e sofrer muito com isso, concordei com ela.

— De fato, preciso tomar uma atitude. Você vai comigo até a delegacia para denunciarmos o que eles fizeram com a gente?

— Claro, aquele porão é horrível, o bom mesmo é que eles também fossem aprisionados lá para sentir na pele o que passamos, você principalmente, que ficou ali com o rato Kiut mais de 24 horas.

— Verdade. E por falar em rato Kiut, será que ele já se adaptou ao porão da sua casa, Luane?

— Tenho certeza que sim, mas a gente precisa visitá-lo mais tarde. Agora vamos resolver logo a questão da sua tia Atineia e do sr. Deodor.

Nossas provas da escola seriam à tarde, teríamos pouco tempo para estudar, mas achamos que, naquele momento, era urgentíssimo contar à Polícia o que tínhamos passado, antes que tia Atineia e sr. Deodor nos encontrassem e quisessem fazer outras maldades.

TIRO NO RUMO CERTO

Fizemos um relato perfeito. Descrevemos cada momento do sequestro, falamos até da companhia do rato Kiut, mas o agente de plantão não deu o menor valor.

— Vocês acham que eu vou registrar no livro uma denúncia sem fundamento como essa?

— Mas é verdade, moço, estou correndo perigo de vida. Se vocês não fizerem alguma coisa posso ser aprisionado novamente naquele porão imundo.

Ouvimos uma gargalhada seguida de uma recomendação em tom áspero e arrogante.

— Tá bem, já disseram o que queriam. Vão para suas casas e se um dia precisarem voltar aqui, que seja por um motivo sério.

Luane olhou para mim desapontada e eu estava logicamente muito mais arrasado do que ela. Voltamos para casa e, no caminho, Luane ainda sugeriu que eu devia contar tudo para os pais dela. Seria mais fácil a Polícia acreditar em adultos. Com certeza seus pais me ajudariam a formalizar a denúncia, ela deduziu.

Foi o que fiz. Chegando em casa sr. Arturo já tinha ido ao trabalho, um escritório de advocacia em um edifício empresarial ao lado do shopping. Luane pegou o celular para avisar que estaríamos indo. Depois ela mesma falou.

— Não, eu não vou ligar. Pode ser que ele diga que está muito ocupado e não queira nos atender. Melhor irmos lá pessoalmente.

Já eram dez da manhã quando saímos para o escritório. Tomamos o ônibus. Ainda havia lugar e sentamos. Instantes depois entrou um vendedor de canetas.

— Pessoal, eu peço um momento da atenção de vocês porque eu estou aqui como um cidadão de bem. Não é porque sou uma pessoa pobre que sou um vagabundo não. Eu estou aqui porque não acho certo botar um revólver na mão e sair assaltando por aí. Eu tenho uma esposa e dois filhos para criar e se vocês puderem me ajudar eu estou vendendo essas canetinhas aqui por "dois real" cada uma. Eu sei que pode não fazer falta para vocês, mas para mim é muito importante, é o leite que eu preciso comprar para meu filho que ficou em casa chorando.

Comovida, Luane abriu a bolsa, pegou o dinheiro e recebeu a caneta. Apenas observei. O homem, idade aproximada de trinta anos, sobrancelhas assanhadas, nariz curvo como ave de rapina, olhos avermelhados, um caroço roxo no braço esquerdo e uma cicatriz acima da barba malfeita, circulou entre as pessoas, vendeu mais algumas canetas e depois caiu diante de mim.

— Me ajude, garoto, me ajude pelo amor de Deus!
— O que foi moço? – perguntei inocente.
— Uma dor horrível, acho que não vou aguentar.
— Por favor, motorista, pare o ônibus. – eu falei.
— Ele não pode descer aqui sozinho, Kauy. – disse Luane.
— A gente desce e pega um táxi. – eu insisti.

O motorista nem esperou o ponto e logo abriu a porta do ônibus. Ajudamos o homem a descer. Ele gemia sempre, mas assim que o ônibus foi embora ele perguntou.

— Karianthos?

É claro que tomei um grande susto.

— Karianthos? Você falou Karianthos?
— Sim, você conhece Karianthos, garoto?
Tomado pelo impulso, respondi sem raciocinar o porquê da pergunta.
— Claro que conheço, é o lugar mais mágico e também mais emocionante que já conheci.
— Era só isso o que eu queria saber.
Ele não disse mais nada. Simplesmente abriu sua bolsa, sacou um revólver e disparou na minha direção. A partir dali não vi mais nada.

Luane me contou depois que a partir daquele momento o moço a empurrou, pediu que não o acompanhasse e desapareceu entre as árvores do parque onde acontecera o fato trágico. Foram dois tiros, um próximo ao coração e um no estômago. Desesperada, Luane conseguiu parar um táxi que passava.

— Moço, ajude por favor, ele não pode morrer.

O taxista colaborou, com a grandeza de um ser preparado para salvar vidas. E salvou a minha. Não somente ele, mas toda a equipe do hospital e, principalmente, Luane. Ela contou que, não fosse a astúcia do motorista no trânsito conturbado da cidade, talvez eu nem tivesse chegado com vida ao hospital. Mas cheguei, tanto é que hoje estou podendo narrar esta história.

Luane falou também que assim que sr. Arturo e dona Aufânia souberam do fato se dirigiram ao hospital onde permaneceram dando total assistência durante o período que fiquei em coma. E eu mesmo pude testemunhar, assim que acordei, o quanto eles foram generosos comigo. Fiquei um mês no hospital e todos os dias os pais de Luane me visitavam, perguntavam se eu estava bem e eu tinha sempre que dizer que estava. Na verdade meu coração estava aos pedaços, morrendo de preocupação com meu pai e, principalmente com minha mãe. Onde ela teria parado? Será que o vento a teria levado para um bom lugar ou a árvore fora destroçada com a força da tempestade? Eu tinha muitas dúvidas e grande vontade de voltar a Karianthos para localizá-la em algum lugar. Ainda sobre as visitas do sr. Arturo e dona Aufânia, houve um momento, depois de três semanas do assalto que eu sofrera, em que achei que devia contar para eles tudo o que estava acontecendo nos últimos dias. Ficaram pasmos e quiseram saber de mais detalhes.

— Mas e esse porão? Você não sabia da existência dele?

— Não, Sr. Arturo, aquele era um lugar proibido. Eu sabia que ali tinha uma tampa de madeira, mas nunca consegui saber que logo abaixo havia aquele esconderijo.

— Quando estava nesse esconderijo, você descobriu algo diferente em alguma parede?

— Como assim, algo diferente?

— Alguma outra passagem, algo que sugerisse algum cofre onde pudesse estar guardado algo muito valioso?

— Confesso que não reparei, estava tão preocupado em sair daquele lugar escuro que nem obervei os detalhes. Mas por que o senhor está fazendo esse tipo de pergunta?

— Bem, se esse lugar sempre esteve fechado durante toda a sua infância e você nunca teve acesso a ele, é porque ele guarda algum tipo de segredo.

— O senhor tem razão. Assim que sair deste hospital eu e Luane voltaremos lá. O senhor quer ir com a gente?

— Claro, Kauy, é claro que não deixarei você e minha filha irem nesse lugar perigoso sem a minha companhia.

Tivemos ainda tempo de conversar sobre tia Atineia e sr. Deodor. Senhor Arturo e dona Aufânia ficaram estarrecidos quando souberam das monstruosidades que eles cometeram comigo. Logo entenderam que a denúncia de que eu havia sido encarcerado no porão também precisava ser feita na delegacia. Foi o que aconteceu, fomos eu, Luane e sr. Arturo e, dessa vez, o agente de polícia acreditou. Prometeu que o caso seria investigado e se a denúncia fosse comprovada, sr. Deodor e tia Atineia seriam presos.

Naquele momento eu já não tinha mais nenhum apego ou sentimento de carinho pela tia que havia me criado. Não entendia como podia ter sido tão sórdida e sabia que ao lado do sr. Deodor ela podia ser capaz de qualquer coisa, até mesmo...

— Poxa, o assaltante, ele perguntou se eu conhecia Karianthos! Luane, acho que ele queria saber se sou um Karianthos.

— Faz sentido, Kauy.

— Estou achando que aquilo não foi um assalto qualquer, eu acho que foi um atentado. E se foi um atentado, quem poderia estar por trás?

Fiz a pergunta mas, no fundo, eu já desconfiava.

QUEM É O BANDIDO?

Já em casa, deitado na cama do quarto reservado para mim, Luane conversou sobre o atentado. E a palavra que usamos foi essa mesma, atentado. Da forma como aconteceu só podia ser um atentado muito bem planejado. Ficamos intrigados com o fato do homem que disparou ter feito referência a Karianthos. Eu nunca tinha visto aquele rosto antes. A quem interessaria a minha morte? Pensamos um pouco e logo Luane assegurou:

— Pode ter sido um plano da sua tia Atineia e do sr. Deodor, acho que eles estão por trás disso tudo.

— Como você pode dizer uma coisa dessas, Luane? Tia Atineia e sr. Deodor são muito maus, mas jamais teriam coragem de encomendar o assassinato do próprio filho, quer dizer, sobrinho, né?

— Não dá para ter certeza, Kauy. Lembre que eles já te colocaram num cativeiro e você fugiu. Daqui em diante tudo pode acontecer.

Fiquei com aquilo na cabeça. Também lembrei da placa de *Vende-se*. Precisava refletir sobre aquelas coisas estranhas que estavam surgindo no meu caminho. E se a casa de Karianthos for mesmo vendida sem que meu pai saiba, o que farão com ele? E se quiserem construir no lugar um edifício ou um conjunto residencial? Não, ninguém pode vender a casa de Karianthos. Para isso seria preciso a escritura. Mas, onde está a escritura? Quando voltar a Karianthos vou procurá-la em todos os cômodos, sem a escritura ninguém pode vender a casa dos meus pais.

RECADO DO LÂMPADA

Treze anos, um mês e uma semana era a idade de Luane. A minha, treze anos e um mês. Ou seja, no aniversário de Luane eu estava em coma e nem pude lhe dar um presente. Só agora é que estou lembrando que esqueci. Também não lhe dei um beijo, assim como não devo ter ganho no dia do meu, que foi uma semana depois do dela. Beijos valem mais do que presentes, mas nem sempre são mais fáceis de se dar ou ganhar do que presentes.

– Luane, parabéns!

– Já passou, Kauy, mas obrigada e parabéns para você também.

Foram apenas duas frases, a minha e a dela e nada do beijo. É como se o internamento no hospital tivesse dissolvido completamente o início do nosso relacionamento. Beijá-la, naquele momento, pareceu inadequado. Não havia clima, é como se a planta devesse ser plantada de novo. Então estendi a mão e ela também segurou na minha. Sorriu para mim. Soltamos as mãos e Luane falou de outras coisas.

– Lâmpada conversou comigo esses dias e mandou lembranças para você. Disse que assim que ficasse bom, falasse com ele. Falou que está com muita saudade e que, em Karianthos, tem algumas novidades que você precisa saber.

— Ele disse o quê?

— Disse que converse com ele pela internet e assim que for lá saberá de detalhes.

— Vou falar com ele agorinha.

— Não, Kauy, meu pai está esperando a gente lá fora. Seguiremos até a delegacia e depois vamos vasculhar o porão onde você ficou preso. Esqueceu que foi isso o combinado?

— Verdade, vamos lá. O Lâmpada que me espere.

O SEGREDO DO PORÃO

Dessa vez foi sr. Arturo quem contou para o agente de polícia tudo o que havia se passado comigo no porão. O homem parecia incrédulo como se estivesse escutando algo totalmente inédito, quando eu disse:

— Falei tudo isso para ele quando estive aqui com Luane.

— Para mim? Isso é uma acusação muito grave. Se soubesse disso antes teria tomado providências imediatamente, como faremos agora. Estou encaminhando o boletim para investigação. E o senhor precisando, estou à disposição para atendê-lo com grande satisfação.

— Obrigado, moço, pela presteza — disse sr. Arturo.

Saímos da delegacia imediatamente para a casa onde eu morava com tia Atineia e sr. Deodor. Estava abandonada. Logo na chegada deu para perceber que, há dias, ninguém passava por ali. O campo de tênis estava cheio de mato, as flores também se misturavam a ervas daninhas, havia dias que a área não era capinada. As portas estavam fechadas, nenhum sinal de vida.

— E agora, como vamos fazer para entrar? — perguntou Luane.

— Fácil. - respondi. - Tenho uma cópia da chave.

— Talvez sua tia e sr. Deodor não tenham contado com isso, Kauy. - disse sr. Arturo. — Muito esperto da sua parte ter trazido essa cópia — completou.

Sorri e cuidei de abrir a porta da sala. Os móveis estavam no lugar, mas todos muito empoeirados. Fiz questão de ir ao meu quarto e lá é que tive a grande decepção. Não havia um móvel sequer, apenas as paredes sujas com frases terríveis escritas:

Jamais você conseguirá se libertar.
Seu caminho o levará ao abismo.
Tudo é uma questão de tempo.
Na bifurcação, tomará a direção das trevas.

Fiquei assustado, mas também envergonhado quando Luane e o pai dela viram aquelas coisas. Senti que eles perceberam o quanto era conturbada a minha vida na companhia da minha tia e do sr. Deodor. E foi realmente um período de grandes esperanças, mas também de muitas dores. Eles nunca me trataram verdadeiramente como pais tratam seus filhos queridos. É como se, de fato, eu nunca tivesse tido pais de verdade.

– Não queria estar na sua pele, Kauy. – disse sr. Arturo, com os olhos cheios de água.

Eu não tinha o que responder. Fiquei mais angustiado ainda quando Luane segurou minha mão e apertou, reconhecendo a minha dor. Apertei a mão dela, retribui com um sorriso disfarçado e saímos do quarto.

– Onde fica o porão? – perguntou sr. Arturo.
– Ali adiante. Vamos.

Mostrei a tampa e como estava fechada, pegamos um martelo na gaveta do armário e arrombamos. Senhor Arturo tomou a frente e desceu pelos sete degraus de escada. Lá dentro verificamos uma parte da parede arrombada como se dela tivesse sido retirado algo. O buraco era quadrado, provavelmente uma caixa com algo muito importante.

Sem mais o que fazer ali, saímos intrigados e fomos para a casa de Luane. Era quase meio-dia.

FRUTAS NO ALMOÇO

Dona Aufânia preparou um almoço muito especial. Parece que a intenção dela era fazer com que esquecêssemos as tantas coisas difíceis que aconteceram nos últimos dias.

Depois de tomarmos banho para tirar a poeira do porão seguimos eu, Luane e o sr. Arturo para a mesa que já estava posta. Arroz branco, purê, peixe, grande variedade de verduras e suco de cajá. Tudo muito bem temperado e com um sabor irresistível. E quando falei em especial não foi por conta da quantidade ou variedade de comida posta na mesa, mas por causa do carinho com que dona Aufânia nos esperou para servir a refeição.

— Deu tudo certo nos lugares por onde andaram?
— Sim, dona Aufânia, resolvemos tudo, até denunciamos a minha tia Atineia e o sr. Deodor. Eles vão pagar pelo que fizeram.
— É, assim você se sentirá mais seguro, não é?
— Luane também. Senhor Deodor não gosta dela só porque ela é minha amiga.
— Ai meu Deus!
— Não se preocupe, Aufânia, a polícia está no encalço deles, e, pelo que fizeram, vão passar um bom tempo na cadeia para aprender a lição. Devem até mesmo perder a guarda do filho.

Desse modo nós podemos, inclusive, pensar em adotar Kauy, caso ele queira, claro.

– Verdade, Arturo, se fizermos isso estaremos quitando uma grande dívida que temos com Luane.

– Dívida, que dívida mamãe? – perguntou Luane intrigada.

– Você sempre quis ter um irmão. Acho que chegou a oportunidade.

– Não.

Eu disse num impulso arrastando um pouco a cadeira para trás como se quisesse saltar da mesa. Luane olhou para mim e não precisou de esforço algum para entender o meu gesto.

– Por que não, não gostaria de ser nosso filho, irmão de Luane? – perguntou triste o sr. Arturo.

Por debaixo da mesa Luane segurou na minha mão sem que os pais dela desconfiassem. Gesto de carinho, de amor e eu tive a certeza, naquele instante, que ela me amava tanto quanto eu a amava.

– Bem, eu não sei responder. Eu quero muito fazer parte da família, mas acho que ainda não estou preparado para chamá-los de papai e mamãe.

Sr. Arturo e dona Aufânia perceberam que tinham ido longe demais com aquela insinuação. Afinal de contas nem fazia tanto tempo que eu estava morando na casa deles. E se descontasse o período em que fiquei no hospital, então é que o tempo de permanência ficaria curto mesmo.

Sem mais assunto para o momento, restava-nos comer e, vez por outra, trocar olhares sem graça. Dona Aufânia acabou num instante e saiu para a cozinha. Voltou com uma tigela com salada de frutas e leite condensado para a cobertura.

– Adoro salada de frutas – eu disse.

– Eu também – completou Luane.

Dona Aufânia serviu para todos nós, deliciando-se também.

– Uma delícia – eu comentei. – Quais frutas a senhora usa para a salada ficar tão saborosa?

– Ah, uso banana, maça, kiwi, mamão, melão, abacaxi e melancia.

Luane deu um salto da cadeira apavorada com a mão na boca e saiu correndo para o banheiro. Escutamos foi o barulho do vômito.

– O que foi minha filha? O que foi que aconteceu?

Para a pergunta desesperada de dona Aufânia seria necessário um bom tempo de resposta. Eu entendi perfeitamente porque Luane tivera aquele troço. O trauma da melancia levaria ainda algum tempo para passar, afinal de contas, Luane desconfiava que pudesse ter comido a filha de dona Bambuzeira e do sr. Melan, da vez em que fora comigo até Karianthos.

SORRISO PERFUMADO

Por pouco não perdi o semestre letivo. O período de internamento foi longo, mas os professores passaram trabalhos e, assim que saí de coma, fiz todas as tarefas. Luane também me ajudou muito organizando o material e o importante é que consegui passar com média. Agora é aproveitar o período de férias e voltar a Karianthos, temos muitas coisas a resolver por lá.

— Luane, Lâmpada falou comigo e disse que uns homens da prefeitura estiveram na mansão Karianthos vistoriando tudo.

— O que eles queriam?

— Queriam não, querem comprar a casa. Ele disse que não sabe o que pretendem fazer no local, mas acredita que não só ele, mas também o meu pai está correndo grande perigo.

— Mas se a casa é de seus pais, então ela é sua. Para todos os efeitos legais você é o herdeiro.

— Sim, eu sei, mas e a escritura? Eu não tenho a escritura.

— Kauy, eu acho que essa escritura está com a sua tia Atineia e com o sr. Deodor.

— Eu também suponho que sim, mas a gente não sabe onde eles estão, e muito menos onde está a escritura.

— Isso é verdade.

— Bem, o fato é que precisamos voltar a Karianthos com urgência, antes que a mansão seja vendida e acabem tirando meu pai e o Lâmpada de lá.

As viagens a Karianthos sempre foram muito secretas. Nunca, nem eu nem Luane falamos para nossos pais sobre nossas idas, tínhamos certeza de que eles não compreenderiam. A estratégia era sempre a mesma, aguardar que fizessem uma viagem e então faríamos a nossa. Como os pais de Luane viajariam para o Mato Grosso onde passariam uma semana conhecendo o Pantanal, marcamos a nossa ida a Karianthos na mesma data. Faltava uma semana, o que parecia uma eternidade.

E foi de fato muito tempo. Nesse muito tempo, somos tomados por muitas ilusões e por muitas desilusões. Refleti sobre a forma como me dirigia a Luane e à indiferença que às vezes ela esboçava.

Precisava conversar com ela, precisava que fosse clara nas suas atitudes. Afinal, Luane já tinha treze anos, seis meses e uma semana. Eu, treze anos e seis meses. Já éramos bastante grandinhos para ficarmos fugindo um do outro. Precisávamos revelar nossos sentimentos como dois adolescentes que buscam num relacionamento que começa a base para uma convivência duradoura.

Estávamos no jardim da casa observando borboletas que pairavam sobre as rosas e os jasmins. Coloridas, leves, convictas de seus voos e de seus pousos, elas me mostravam o caminho do perfume e da beleza, trilhas que podem levar alguém à satisfação da alma. E a rosa, para mim, seria Luane. Era até ela que, como borboleta, eu deveria seguir de asas abertas e com o coração repleto de esperança. Busquei inspiração naqueles gestos e arrisquei-me a dizer o que sentia.

– Luane, você percebe que já estou da sua altura?

– Sim e para mim isso não é problema. Altura não importa, o que vale é o tamanho dos sentimentos das pessoas.

– Meus sentimentos são enormes, maiores até do que... falta algo para comparar.

– Por que não compara seus sentimentos aos de Cupido?

— Mas são maiores, bem maiores. Nem mesmo os deuses da Grécia e nem mesmo os personagens de Shakespeare têm sentimentos tão intensos quanto o meu.

— Kauy, você não está falando mais como adolescente. Assim desse jeito falam os poetas, que parecem eternos apaixonados.

— Pois então me sinto poeta e apaixonado, inclusive.

Disse e segurei a mão de Luane. Aproximei meu rosto do dela para beijá-la. Ela olhou para o lado e soltou minha mão.

— Mamãe pode aparecer e ver isso.

— Por que você não quer que ela saiba.

— Por que não tenho certeza se lhe quero como namorado. Você é um grande amigo e tenho medo de ferir essa amizade. Somos muito novos ainda, Kauy, vamos dar tempo ao tempo. Se um dia os dois estivermos apaixonados mesmo, então seremos um do outro, para sempre.

— Entendo.

Eu disse que entendia, mas não entendia de forma alguma. O que sinto por Luane é incondicional. Não dá para esperar. Eu a amo e se ela não corresponder ao meu amor jamais serei feliz. Mas não posso forçá-la a nada. A conquista é um gesto sublime.

— Sua bicicleta está bem?

— Minha bicicleta? Sim, está sim — ela respondeu.

— Os pneus estão cheios? É preciso estar tudo direitinho para a viagem a Karianthos.

— Sim, Kauy, podemos viajar assim que meus pais viajarem ao Pantanal.

— Então tá. Não vejo a hora.

Sorri e fui dar uma volta no jardim. Eu por um lado, Luane pelo outro. E toda vez que eu levantava a cabeça para contemplar o seu jeito de andar, ela também olhava para mim com um sorriso esplêndido e perfumado como as flores.

ESPERANDO À BEIRA DO CAMINHO

Há estradas que, à medida que trilhamos, ficam, contraditoriamente, mais estranhas e desconhecidas. É o que acontece com o caminho para Karianthos. Nossas bicicletas foram pedaladas com vigor e as rodas giraram com velocidade incomum, como acontecera nas viagens anteriores. O vento sacudindo os cabelos de Luane, minhas bochechas saltando na face, as pedras no caminho, os garranchos intrometidos, tudo isso foi como antes. Mas aquele abismo! Não contávamos com aquele abismo e, dessa forma, fomos sugados impiedosamente. Descemos desgovernados e, à medida que íamos rolando, tudo ia ficando muito escuro como se estivéssemos sendo conduzidos a uma gruta de trevas. Estancamos feridos no miolo da cratera que parecia mais profunda do que a garganta de um vulcão. Tão profunda que o miolo não pareceu ser o fim. Levantamos atordoados, surrados pelo choque nas pedras durante a descida e sujos pela lama e líquidos lânguidos que escorriam das paredes. Nos arriscamos a andar e logo tropeçamos sendo arremessados a outros vãos como se mãos pesadas empurrassem nossas costas. Luane gritava em tom infinitamente maior do que de costume, tendo a voz rebatida nas paredes com ecos que pareciam reproduzir infinitamente cada fonema. Os sons da garganta da caverna pareciam urros de monstros aterrorizantes e era nessa melodia funesta que, passo a passo, éramos conduzidos ao cerne daquele vão infinito. Até que finalmente paramos. Uma luz foi entrando aos poucos, branda, mas o suficiente para percebermos detalhes do ambiente alucinante.

Algumas pilastras pareciam revestidas com pedras de cristais reluzentes. O teto tinha uma cor amarelo ouro, revestido por uma textura incomum aos nossos olhos. O piso era esverdeado e refletia nossa imagem como se fosse um espelho gigante. A princípio nenhum ser, nenhum olhar, nenhuma palavra pode ser notada. Apenas no início, porque instantes depois entraram soldados gigantes com armaduras metálicas e empunhando lanças de bronze de gumes afiados. Aqueles seres com mais de três metros de altura, pronunciavam em uníssono palavras de ordem indecifráveis:

Cathu, brulê, mahuá, thumbu, galé
Cathu, brulê, mahuá, thumbu, galé
Cathu, brulê, mahuá, thumbu, galé

Eu queria entender o que diziam, mas de nada adiantava perguntar a Luane, porque esse também era o desejo dela. No entanto, tínhamos o pressentimento de que vibravam como se estivessem diante de uma grande conquista. Talvez fôssemos uma presa importante na sua cadeia alimentar. Ou talvez fôssemos seres propícios para oferendas. Por causa de suas máscaras não dava para saber se eram humanos ou se pertenciam a uma outra espécie. Gorilas talvez, ou quem sabe fossem seres desconhecidos dos humanos. Em algum momento saberíamos. Naquele instante, o que nos restava era a desconfiança e o medo.

Medo que se agigantou quando, segurando meu braço fortemente, um deles me arrastou como se eu não passasse de uma folha de papel. Outros se aproximaram e amarraram-me com cordas fazendo o mesmo com Luane. Ela olhou para mim e pude perceber o quanto estava assustada. Queria me pedir socorro, mas sentia o mesmo em meus olhos. Só nos restava esperar o desfecho daquele ritual terrível e torcer para que algo pudesse surgir para nos poupar do pior.

Depois de sermos arrastados por alguns metros, estávamos diante de uma pedra gigante em forma de serpente com a boca aberta. A língua era o assento. Os soldados de prata nos suspenderam e nos deixaram sentados a uma altura de quase cinco metros. Recuaram e formaram um círculo ao redor da cobra de pedra. Da garganta da serpente um som tranquilizante passou a emanar e os acordes tinham o timbre de flautas e kalimbas. Parece que fomos hipnotizados e em poucos instantes estávamos sonolentos. Luane deitou a cabeça sobre meu ombro. Fechei os olhos e não vi mais nada.

A GARGANTA DA SERPENTE

Abrimos os olhos lentamente e assim, aos poucos, íamos percebendo novos sons tomando conta de nossa audição. Tambores, flautas, chocalhos, violinos. Ao nosso redor uma roda imensa de crianças, todas de pele lilás, pareciam flores em movimento, a mesma estatura, aproximadamente um metro e cinquenta, olhos reluzentes, cabelos longos tocando nas nádegas e semblantes sérios, de grande compenetração. Despidas, pareciam desprovidas de qualquer tipo de pudor.

Logo atrás estava formada uma outra roda só de mulheres de pele azul, cujas descrições se assemelham às das crianças, exceto pela estatura que estava em torno de dois metros e cinquenta centímetros. A terceira roda era formada por homens de pele verde, altura de aproximadamente três metros. Os movimentos das rodas das crianças e dos homens estavam em sentido horário, ao contrário da roda central formada pelas mulheres.

Eram mais do que movimentos, eram danças em forma de onda. Contorciam-se feito serpentes e de vez em quando soltavam urros estranhos que estrondavam nas paredes daquele ventre insólito.

Minutos depois ficaram todos inertes e uma luz apontou na direção de um trono posicionado um pouco mais acima. Nele estava um homem com o rosto coberto por uma máscara dourada, exceto a boca cujos lábios e dentes seguravam um charuto semelhante ao do sr. Deodor. As vestes eram longas, cheias de pérolas. Na cabeça um chapéu parecido com o de um bispo. Quando começou a falar percebi que usava um falsete, não podia ser aquela uma voz natural. E o que dizia mostrava claramente que estava a serviço de alguém.

— Filhos da floresta resistem à chuva, à tempestade, ao frio, ao calor e ao ataque dos seres que habitam as folhagens e os troncos das árvores. Assim também é no ventre da serpente. Quem é daqui vive para sempre, os intrusos, contudo, sucumbem diante do veneno mortal, para que a história cumpra o seu destino. Retornarei aos meus aposentos e assim que os prisioneiros já não mais respirarem, entoem o canto do além para que eu possa comemorar o triunfo e celebrar o ritual da oferenda à serpente mãe.

De seu charuto ele soltou uma grande nuvem de fumaça que logo nos deixou completamente tontos. Luane tossiu desfalecida e tudo para mim também foi ficando embaçado.

Perdi completamente o sentido. Um pouco depois o senhor da máscara de metal retornou, confirmou o envenenamento e ordenou para que fôssemos levados ao sepulcro dos intrusos, cobertos com flores e perfumes, para que os espíritos da garganta da serpente agradecessem a oferenda. Naquele momento também, o senhor da máscara de ferro pegou seu tablet e fez contato com minha tia Atineia.

– Pronto, agora já são inofensivos. Todo o ritual foi cumprido à risca e eles já não mais respiram como mortais. Está consumado, soberana.

– Maravilha, trabalho maravilhoso e digno de recompensa. Assim que resolver umas pendências em Karianthos, eu e Deodor daremos uma passadinha por aí para confirmar que o garoto e a garota não mais nos incomodarão.

– E também para recompensar o belo trabalho que realizamos, não é soberana?

– Claro, pagamento a um bom trabalho não custa caro. Teremos todo o prazer em cumprir o prometido.

Jamais eu poderia imaginar o envolvimento de tia Atineia e do sr. Deodor naquela cilada. Tudo havia sido planejado para que eu e Luane não chegássemos à mansão. No fundo tia Atineia e o sr. Deodor tinham receio de que eu impedisse a venda da casa que de fato pertenceria a mim, como único herdeiro de meus pais. Finalmente eu começava a juntar as peças daquela grande engrenagem. A placa de *Vende-se* tinha sim sido afixada no muro por tia Atineia e pelo sr. Deodor. Provavelmente a escritura estava com eles e negar a minha existência era a melhor forma deles se apropriarem de toda a herança.

Aquilo me deixou em pânico. Não pela herança, mas pelo que poderia acontecer ao meu pai e ao Lâmpada, já que minha mãe não mais habitava o quintal da mansão por causa da tempestade. Mas enfim, era preciso tomar uma providência. Mas como?

O mausoléu das oferendas estava no meio de um lago com água a uma temperatura acima de cem graus centígrados e de uma profundidade que não conseguíamos imaginar. As paredes ficavam a mais de vinte metros de distância e por causa da água, refletiam raios de luz, sombras e vultos semelhantes a seres multiformes se movimentando em todas as direções.

Suponho que eu e Luane ficamos ali, antes de abrir os olhos, pelo menos 24 horas. Ao despertar, perguntei:
— Você está bem?
— Ainda um pouco tonta. Onde estamos?
— Não sei, Luane, mas pelo menos estamos vivos.
— Então vamos embora.

Ao ameaçarmos nos levantar de uma tábua de mármore os monstros de sombra avançaram ferozes em nossa direção, emitindo grunhidos ensurdecedores. Deitamos novamente assustados e com os corpos trêmulos, continuamos a falar com mais cautela e bem baixinho.
— E agora, Kauy, o que vamos fazer?
— No momento não há nada o que fazer. Precisamos ter calma e dar um tempo até que surja alguma ideia.

E assim ficamos mais seis horas, sem conseguir sair e também sem uma ideia razoável. Até que entre as sombras e luzes que vinham da parede, duas ramas de uma planta que não conseguíamos decifrar desceram lentamente e tocaram em nossos corpos. Luane arregalou os olhos achando que se tratasse de mais uma serpente venenosa. As ramas foram se envolvendo em nossos braços, nossas pernas, nossos corpos até que ficamos totalmente entrelaçados. Luane queria gritar, mas eu colocava o dedo na boca pedindo para que se controlasse. Não sei como eu próprio me controlei, a vontade era também de gritar e sair correndo. Mas assim seria pior, além dos monstros de luzes e sombras, a água fervente nos daria destino fatal. Inexplicavelmente algo me pedia para manter a calma. Assim, lentamente, sentimos que nossos corpos estavam sendo içados. De tão sutil que era o levantamento de nossos corpos pelas ramas os monstros pareciam não perceber o que exatamente estava acontecendo. Foi assim até que, abruptamente, fomos sugados por uma fenda e levados em um vão escuro e silencioso. Instantes depois a luz de Karianthos estava diante de nossos olhos. Pudemos então perceber que as ramas eram de melancias e por trás delas estavam sr. Melan e dona Bambuzeira. Luane tomou um susto maior ainda.

— Por favor, não me faça mal, dona Bambuzeira, não fui eu quem matou sua filha.

Eu ainda quis justificar a inocência de Luane, mas nem precisou. Dona Bambuzeira, com um semblante amável, disse com voz mansa:

— Eu sei, garota. Eu e meu marido sabemos que você não matou minha filha. Ela foi assassinada por uma serpente vegetariana. Desculpe tê-la acusado injustamente.

E mudou de assunto:

— Mabu, venha cá, meu filho, venha conhecer seus novos amigos.

Mabu, que tinha o corpo feito varas de bambu e a cabeça de melancia entrou lentamente, todo envergonhado e ficou juntinho de sua mãe.

— Olá, Mabu, tudo bem? Eu me chamo Kauy.

Ele não disse nada, apenas fez um pequeno movimento assentindo com a cabeça.

Sr. Melan foi quem prolongou a conversa.

— Sabemos que vocês são pessoas do bem, além do mais, estamos sabendo que você, Kauy, é o filho do sr. Karianthos que foi criado pela irmã dele em Recife.

— Como vocês souberam disso? — perguntei.

— Quem falou para gente foi o sr. Lingardo que mora na vereda dos Estrobinos. E como o sr. Karianthos e sua esposa eram pessoas muito boas, faremos o que for preciso para ajudá-los.

— Muito obrigado — eu disse — Temos ainda muitas questões para resolver e acredito que vocês poderão nos ajudar. Se bem que já ajudaram bastante nos tirando da garganta da serpente.

— Porém...

— Porém? Fale senhora Bambuzeira —disse Luane. Por que essa expressão de preocupada?

— É que a tempestade, a tempestade que ocorreu esta noite foi muito devastadora. Muitos pontos de Karianthos ficaram totalmente arrasados. Houve desabamento de barreiras e pessoas morreram soterradas nas encostas dos morros.

— Foi sim, completou o senhor Melan. — As plantações ficaram debaixo d'água, faltou energia e até os veículos de S.O.S. ficaram impossibilitados de trafegar.

— Os trovões, papai... — falou o garoto Mabu. — Os trovões e os relâmpagos me deixaram atordoado. Os pássaros voaram para todos os lados sem direção certa. E o mais incrível foi os boitucos do sr. Lingardo, na tempestade anterior eles mugiam muito forte, mas, na de ontem, foi muitas vezes pior. Pareciam gemidos diante de muito sofrimento.

Cada palavra, cada frase que ouvíamos ficávamos mais apreensivos. Eu só pensava no que poderia ter acontecido com meu pai. Assim como minha mãe tinha sido arrastada pelo vento na outra tempestade, é possível que o mesmo tivesse acontecido com ele.

Não havia mais o que fazer ali. Agradecemos o carinho da dona Bambuzeira, do sr. Melan, do filho Mabu e nos preparamos para partir. Foi quando Mabu ainda falou.

— As bicicletas de vocês estão ali ao lado do Ipê Amarelo. Lancei minhas ramas ao centro da Cratera da Serpente e resgatei as duas. As rodas estavam um pouco tortas, mas eu dei um jeito.

— Muito obrigado, Mabu — dissemos eu e Luane, quase ao mesmo tempo.

Chegamos onde estavam as bicicletas, montamos e acenamos para nossos amigos. Senhor Melan e Mabu balançaram suas ramas e dona Bambuzeira balançou suas folhagens.

ÁRVORE-PÁSSARO

A placa de *Vende-se* não estava na parede do muro. E não podia ter sido a tempestade. Tudo indicava que algum comprador tivesse em negociação com minha tia Atineia e o sr. Deodor. Mas eu não podia ter aquilo como minha maior preocupação naquele momento. Primeiro, precisava saber se meu pai estava bem.

Deixamos as bicicletas e caminhamos de mãos dadas tentando nos livrar das armadilhas deixadas pelas enxurradas. Havia crateras, galhos de árvores espalhados, telhas caídas no chão e muitas folhas. Meu coração foi ficando cada vez mais apertado. Chegamos diante do Lâmpada, seu semblante era de dor.

– Kauy, Luane, que bom que vocês voltaram. As coisas não andam bem por aqui.

Logo percebi que algo ruim havia mesmo ocorrido com meu pai.

– Foi a tempestade, não foi? Como está meu pai?

Ao meu grito, Lâmpada ainda pediu calma, mas eu não dei mais atenção ao que dizia. Corri para o quintal e lá foi que me deparei com a realidade mais cruel. No lugar da árvore havia apenas uma cratera. Tive vontade de saltar naquele buraco e ficar ali para sempre. Talvez até morresse afogado quando minhas lágrimas inundassem a cova. Mas foi sim o meu desejo, contido pelo acalanto de Luane.

— Kauy, seja forte, rapaz. Venha, dê-me a mão.

Levantei a mão para a dela que estava estendida. Ela me abraçou. Chorei muito e, quase inconsolável, fui levado até a presença do Lâmpada. Perguntei, soluçando, se ele podia dizer exatamente o que aconteceu.

— Claro.

Sentamos em um tronco caído no chão por causa da tempestade e ficamos inertes, escutando detalhe por detalhe do que tinha acontecido com meu pai.

— Quando a tarde foi cedendo lugar ao manto sagrado da noite, o vento já era insuportável. Muitas folhas se desgarravam dos galhos e cruzavam o telhado passando velozes à minha frente. Confesso que fiquei mais preocupado com seu pai do que comigo, mas a verdade é que ele estava feliz e não parecia nem um pouco preocupado com a força do vento. Tinha no semblante um sorriso dócil e cheio de expectativas. Os raios começaram a clarear todo o quintal da mansão, os trovões ecoavam ensurdecedores e dava até para ouvir o mugido dos boitucos do sr. Lingardo entrando em pânico, assustados. A água jorrava com a força de uma cachoeira passando aos meus pés e eu, indefeso, até pensei em rezar para Santa Luzia ou para nossa senhora das Candeias. Só não o fiz porque minha vocação religiosa não é muito clara. Mas vi claramente quando, ao invés de reforçar as pedras no pé de seu tronco, sr. Karianthos aproveitava seus galhos para afastar uma a uma, todas as que estavam prendendo-o à terra. O esforço do sr. Lingardo, tempos atrás, para conter a força dos raios e do tufão, colocando pedras sobre as raízes, estava indo por água abaixo. Aquilo foi se tornando mais intenso e do sr. Karianthos emanavam gargalhadas quase descontroladas. Ele urrava e movia seus galhos como se fossem remos revolvendo as águas do oceano. Chamei pelo seu nome pedindo que não fizesse aquilo, mas era como se nenhum som saísse da minha boca. As gargalhadas do sr. Karianthos, descompensadas e ininterruptas, suplantavam, por vezes, até mesmo o som do trovão. De repente, um clarão enorme, e um raio se lançou implacável sobre a pedra mais pesada que cobria as raízes. Naquele instante, a grande árvore se desprendeu do chão. Como um pássaro gigante, abriu as asas e voou sobre minha cabeça e sobre a velha mansão. As gargalhadas não cessaram de imediato. Ainda ouvi o eco mesmo quando a árvore-pássaro já estava na altura das nuvens e se perdeu em meio à escuridão da noite. Foi isso, Kauy, foi isso Luane, o que aconteceu no começo da noite de ontem. Algo que jamais conseguirei apagar da minha memória.

– Ele quer encontrar sua mãe, Kauy.

– É sim, e talvez já estejam juntos novamente – disse o Lâmpada.

– Mas onde, onde eles poderiam estar nesse momento?

– Como podemos saber, Kauy. Talvez estejam num lugar distante, talvez nem tanto.

– Mas eles podem ter sido encontrados por donos de madeireiras e transformados em móveis. Podem ter caído no meio de rios e sido estraçalhados pelas correntezas, muita coisa ruim pode ter acontecido com eles.

– Mas, Kauy – disse o Lâmpada. – Também pode ter acontecido coisas boas. Isso só é possível saber...

– ... se formos à procura. – completei.

– Exatamente. Acho que esta é agora a sua mais nobre missão.

– Lâmpada, eu vou sim.

– E eu também, Kauy.

– Claro, Luane. Mas Lâmpada, esclareça por favor só mais uma coisa: havia uma placa de *Vende-se* pregada no muro e essa placa já não está mais. O que houve?

– É outra história bem mais complicada, Kauy. Acho que você deve logo encontrar seus pais e na volta a gente fala sobre isso.

– Tudo bem, muito obrigado, amigo.
– É uma grande honra estar ao lado de vocês – ele falou.
E partimos.

NA ANCA DE ESTIJANO

Como não tínhamos a menor ideia de por onde seguir, resolvemos dar antes uma passada na vereda dos Estrobinos para conversar com sr. Lingardo. Os boitucos, diferentemente da vez anterior, pareciam familiarizados com nossa presença e já não mugiram ao nos aproximar. Sr. Lingardo saiu da sua casa que tem formato de caramujo, e tinha um sorriso largo no rosto.

– Olá garoto, olá menina linda. O que os traz de volta à minha morada?

– Precisamos conversar com o senhor.

– Aconteceu algo sério?

– Sim, sr. Lingardo – respondi. – Vim conversar com meu pai, mas ele não mais está na mansão dos Karianthos. O Lâmpada falou que foi levado pela tempestade que passou na noite de ontem.

– Mas não pode ser, as pedras que eu e meus boitucos colocamos no pé da árvore eram muito pesadas e o vento não tinha como afastá-las.

– Mas não foi o vento, sr. Lingardo – disse Luane. – Foi o sr. Karianthos quem afastou as pedras porque queria ser levado pela ventania.

– E o pior é que conseguiu – reforcei. – Foi arrastado como a folha de uma árvore e voou como pássaro para onde ninguém sabe.

– É, se foi isso o que aconteceu não dá para saber mesmo.

Luane ficou na ponta dos pés e falou o que eu também diria.

— Mas olhe, sr. Lingardo, nós queremos saber se o senhor nos empresta um boituco para nos conduzir pela floresta e pelas montanhas à procura do sr. Karianthos.

— E da minha mãe também — completei.

— Mas nós estamos no tempo das Kartionas.

— Tempo das Kartionas? Como assim?

— Ah, é porque vocês não moram em Karianthos. O tempo das Kartionas é uma estação de muito perigo. Elas são aves gigantescas, quase do tamanho dos meus boitucos e migram do Hemisfério da Kolastra para cá a fim de se reproduzirem. Mas quando chegam, se apropriam de tudo, acham que são as donas do mundo. E o pior de tudo é que fazem banquetes com carnes humanas. Só não é mais terrível porque não chocam muitos ovos e assim a quantidade de seres desta espécie não é muito grande. Acredito que em todo o planeta não passem de cem. Mas elas vem todas em bando e trazem até seus filhotes para não deixá-los em perigo lá no Hemisfério da Kolastra. Talvez seja mesmo melhor aguardarem passar a estação e só depois que elas retornarem vocês vão à procura de seus pais. Falta apenas uma semana para terminar a estação.

— Nem pensar, sr. Lingardo. Vamos à procura de meus pais imediatamente, mesmo que haja o perigo de sermos atacados pelas Kartionas. A menos que Luane não queira ir.

— Claro que eu vou com você, Kauy, não posso deixá-lo sozinho numa hora dessas.

— E então, sr. Lingardo, o senhor pode nos emprestar um de seus boitucos?

— Claro que empresto. Muito preocupado com o que possa acontecer, mas empresto. Mas vocês terão coragem de andar na garupa de um bicho tão alto?

— Alto e valente, não é sr. Lingardo? Sabemos que ele é quase uma fera, mas teremos de superar o medo, pois é a única forma de conseguirmos realizar o plano.

— Tudo bem, vocês vão com o boituco Estijano. Ele é o mais manso que tenho. Acho que não vai lhes causar surpresas não.

— Muito obrigado, sr. Lingardo, não se preocupe que cuidaremos bem dele. A partir de agora Estijano é nosso amigo. Vamos lá, Luane.

Segurei na mão de Luane e acompanhamos sr. Lingardo até onde estava Estijano. Ele falou com o animal como se falasse com um bichinho de estimação:

— Seja um moço camarada, tá? Não vá desobedecer as ordens dos nossos amigos e nem se abaixar ligeiro para coçar as pernas. Se fizer algo errado vou deixá-lo durante três meses sem contato nenhum com a boituca Estalina, entendeu?

Estijano mugiu alto deixando claro que havia compreendido muito bem o recado do sr. Lingardo, que ainda falou:

— Esse boituco é uma coisa séria. Se pudesse ficava dias e noites ao lado da namorada dele. É amor para mil anos.

Luane olhou para mim e sorriu. Por pouco eu não falei em voz alta: o nosso também. Retomei o pensamento da viagem e cumprimentei o nosso novo companheiro.

— Olá!

A resposta de Estijano não foi das mais amigáveis. Arregalou os olhos e mugiu erguendo a cabeça como um lobo uivando em noite de lua cheia. Mas depois se abaixou para subirmos. Então nos despedimos do sr. Lingardo e tomamos o rumo da estrada.

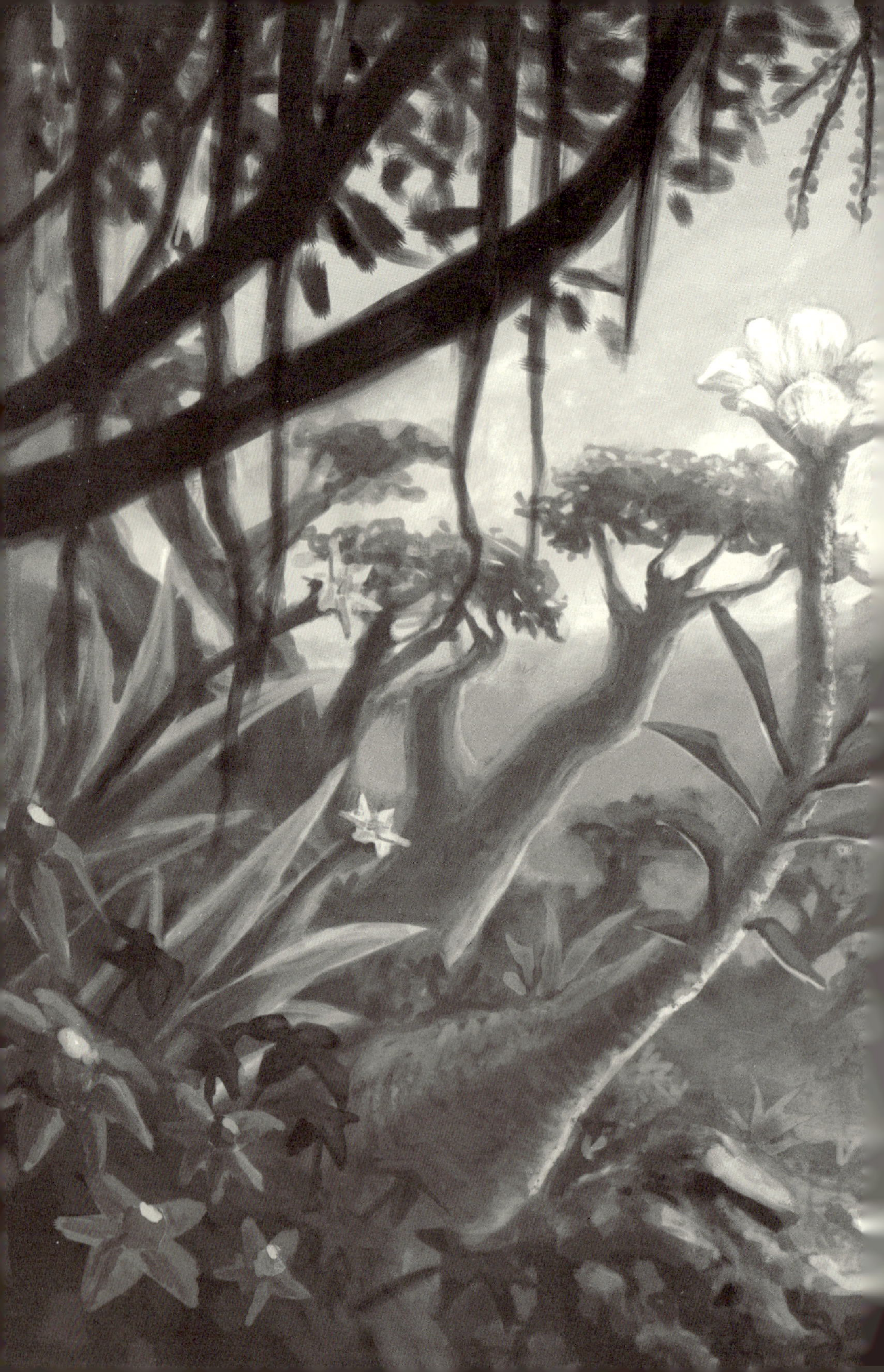

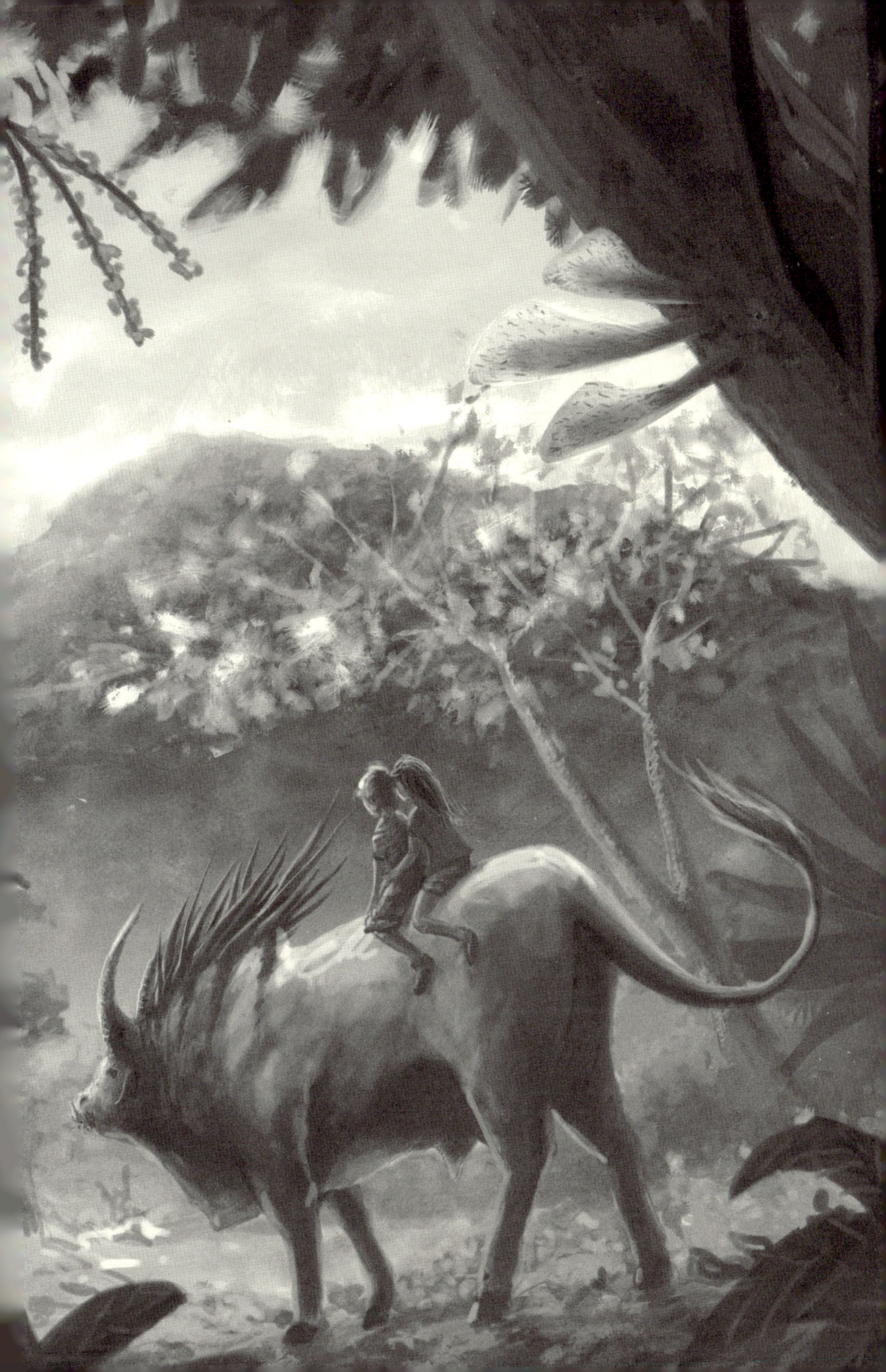

A PROCURA

Caminho íngreme com passagens estreitas no meio da floresta. Mas havia flores belíssimas, multicoloridas, entre as árvores frondosas. Os pássaros de espécies que também desconhecíamos saltavam de galho em galho como se cumprimentassem a nossa passagem. Uma serra atrás da outra e, a cada momento, uma paisagem mais bela se descortinava. Lagos, rios, vales imensos e o horizonte deslumbrante despertavam em mim e em Luane o desejo de ficarmos cada vez mais próximos um do outro. Proximidade nos sentimentos, porque nossos corpos já estavam colados no alto da anca de Estijano. Senti que a respiração de Luane oscilava na mesma proporção das ondulações do galope do boituco. Minha respiração também seguia no ritmo da viagem e no mesmo compasso da de Luane. Coloquei minha mão sobre a dela, ela olhou para trás e o seu sorriso me convidou a responder na mesma sintonia de sentimento. Sorri e encostei meu rosto nos cabelos dela. Foi como se escutássemos uma música, mas a melodia era a do vento e do canto dos pássaros. Nenhuma palavra. Eram as mãos e o toque do meu rosto nos cabelos de Luane que se pronunciavam.

Projetei aquela cena no tempo e imaginei nós dois vivendo intensamente uma relação de homem e mulher, construindo família, desfrutando das alegrias e até dos conflitos de uma vida conjugal. Talvez ela tenha pensado o mesmo, mas nossos sentimentos foram expressos apenas em gestos carinhosos, no alto da garupa do boituco Estijano.

O tempo passava lentamente, calmamente, quando de repente uma ventania foi soprando nos nossos corpos, esvoaçando os cabelos de Luane, minhas roupas e os pelos da cauda de Estijano. Nesse momento o boituco começou a dar coices ao vento e mugir apavorado. Deu voltas e empinou a cabeça já com uma expressão terrível. Nem mais parecia o animal dócil que nos fora emprestado pelo sr. Lingardo. No entanto, teve a generosidade de se abaixar insinuando que devíamos descer imediatamente. Foi o que fizemos e corremos para nos proteger atrás do tronco de uma árvore.

O vento soprava mais forte e, de repente, avistamos no céu um bando de Kartionas. Uma delas levava nas garras um cavalo e outra levava uma serpente de mais de três metros de comprimento. Filhotes das Kartionas transportavam nas garras bezerros, carneiros, galinhas, perus, porcos e cachorros. Todos esses animais grunhiam, latiam, mugiam, berravam presos às garras das Kartionas, produzindo uma sinfonia desencontrada e apavorante. Uma das aves, mirando Estijano, desceu numa velocidade supersônica e tentou fincar as garras no lombo do animal, mas o boituco foi mais esperto e em um coice certeiro atingiu o olho esquerdo da Kartiona que, tonta, desistiu do ataque e acompanhou o bando na direção norte do lugar onde nos encontrávamos. Estijano respirou aliviado e nós, ainda mais.

— Ufa, quase ficávamos sem o nosso transporte.

— Verdade, Luane, essas Kartionas não distinguem suas presas. Bem que o sr. Lingardo pediu para tomarmos cuidado.

Quando achamos que tudo estava resolvido, o inesperado aconteceu. Uma ave que não tínhamos enxergado surgiu de repente e levou Luane pendurada pelas vestes.

— Kauy...

Meu desespero não teve tamanho. Meus olhos saltaram do rosto e meu corpo todo ficou trêmulo. Naquele momento eu queria ter asas para alcançar a ave maldita e tirar Luane de suas garras. Impotente como estava, chorei desesperado. Arrisquei uma carreira desgovernada pelo meio da floresta, mas fui impedido por Estijano que saltou na minha frente como quem dissesse que aquilo de nada adiantaria. Dei alguns murros nele como uma criança de quem é retirado algo, mas logo em seguida entendi que era melhor manter a calma. Refletindo, fiquei intrigado com o fato de a Kartiona não ter seguido na mesma direção do bando que acabara de passar. Enquanto as demais tomaram o rumo Norte, ela seguiu no sentido Oeste.

O RUMO DA KARTIONA

Confusão tamanha se apoderou da minha cabeça. Meu pai, minha mãe, Luane, todos estavam nos objetivos da minha procura e eu já não sabia mais o rumo que seguir. Não dava para considerar meu pai e minha mãe menos importantes do que Luane na prioridade da busca, mas o caso de Luane me parecia mais urgente, afinal de contas as Kartionas, pelo que me contou o sr. Lingardo, tinham instintos imprevisíveis.

Imprevisíveis, também, eram os boitucos do sr. Lingardo. Não sei se assustado ou decepcionado com a minha indecisão, Estijano levantou as patas da frente como um cavalo briguento, mugiu no mais alto tom e disparou no caminho de volta para a vereda dos Estrobinos onde mora o sr. Lingardo.

Nada me restava a não ser caminhar na direção oeste, protegido exclusivamente pela minha certeza de que resgataria Luane das presas da Kartiona solitária. Andei um, dois, três quilômetros revolvendo cipós e garranchos que encontrava no caminho. Meu tênis estava todo encharcado e sujo de lama, eu próprio estava tão sujo que minha pele parecia revestida por uma camuflagem. Acredito até que isso tenha de alguma forma me protegido de alguns ataques na floresta. Mas nada disso significava sucesso no meu objetivo de encontrar Luane. Tanto é que depois de tanta caminhada, tomei um pouco de água em um córrego, sentei numa pedra e chorei, tomado pela incerteza. Ao passar a mão nos olhos para enxugar as lágrimas, vi se aproximando, com seu peso enorme e presas quase alcançando o chão, um mamute gigantesco que mirava meu corpo minúsculo diante do dele. Ele partiu numa carreira danada e o que me restou foi correr para não ser alcançado. Galhos de árvores, pedras, poças de água e troncos fui encontrando no caminho e tendo que dar uma de atleta para não ser alcançado. Instantes depois eu já estava muito cansado, mas não tinha como parar. Coloquei em prova toda a minha resistência e chegou um momento em que realmente não deu mais. Parei caído entre folhas e galhos à espera do pior. Foi quando o mamute se aproximou, levantou as patas da frente no propósito de esmagar-me por completo. Eu rolei e não fui alcançado. Mas haveria um novo golpe e só não houve porque um bando de ratos surgiu na frente do bicho. O mamute começou a saltar apavorado à medida em que os ratos avançavam em sua direção com os dentes de fora fazendo caretas horríveis. O bicho gigante fugiu como um guerreiro derrotado na batalha, mas e agora? O que aqueles ratos fariam comigo? Meu coração que estava acelerado continuou no mesmo desespero quando os ratos, depois de expulsar o mamute fizeram a volta e começaram a andar em minha direção. De repente uma perguntou:

— E aí, mano, tem notícias de Kiut?

— Ahn? Vocês disseram, Kiut, o conde de Karianthos?

— Ele mesmo, você tem notícias dele, cara?

— Bem, olhe, eu acho...

— Ah, acha mas não sabe de nada. — disse uma ratazana que parecia liderar o grupo. E continuou — Aquele danado esteve aqui há algum tempo e prometeu que voltaria, mas ele é um tratante mesmo, vive jogando com os sentimentos de todas nós.

Foi quando percebi que se tratava de um grupo de ratazanas, todas cobrando a presença do garanhão.

— E por que vocês acham que eu conheço Kiut?

— Ele falou muito sobre você. Disse que é um garoto esperto, muito legal e que é um cidadão de Karianthos. Outro dia nós vimos você e uma garota conversando com ele, então achamos que poderia saber do seu paradeiro.

— Tudo bem, mas o que realmente ele fez com vocês?

— Nos deixou apaixonadas. Todas morremos de amor por ele. Aqui em Karianthos os ratos são muito rudes, grosseiros e machistas.

— Verdade — completou uma outra rata mais jovem. — Ele sabe compreender os nossos sentimentos. Fala de coisas belas, um filósofo, um poeta. Além do mais ele é lindo, alegre e descolado.

— Mas vocês são tantas! — eu disse observando que juntas poderiam chegar a mais de mil.

— Mas não tem problema. Kiut sempre foi muito dócil e gentil com todas nós.

— E viril — completou uma outra rata. — Ele tem um vigor sexual absurdo. Pense num cara bom, afoito e gostoso.

Nessa hora eu não tive como não sorrir. Já estava até esquecendo do meu objetivo de encontrar Luane quando procurei encerrar o assunto do rato Kiut.

— Meninas, é o seguinte: eu não sei onde ele está. Mas de fato é um cara muito bacana. E eu prometo que quando encontrá-lo novamente darei o recado. Afinal de contas não é justo brincar com o sentimento de tanta gente ao mesmo tempo.

— Tudo bem — disse a líder. — Não deixe de dar o recado. Mas a propósito, onde está a sua amiga?

— E então? Que bom que vocês perguntaram. Ela estava comigo quando foi levada por uma Kartiona solitária, naquela direção.

— O quê? Ela foi capturada pela Kartiona solitária?

— Sim, vocês conhecem essa Kartiona?

— Não queria te assustar, mas ela é terrível. Trabalha sob encomenda para a bruxa Atineia.

— Bruxa Atineia? O mesmo nome da minha tia? Quem é essa bruxa, por favor?

— É uma senhora pavorosa que, de vez em quando, vem a Karianthos e contrata a Kartiona Solitária para fazer serviços para ela. Todos serviços horríveis. Diz que é herdeira da mansão dos Karianthos, mas o que todo mundo fala é que o verdadeiro herdeiro é o sobrinho que ela cria.

— Como sabem dessa história?

— É uma longa história. O fato é que todo mundo sabe disso. Dizem até que ela quer matar o sobrinho para ficar com a herança. Já pensou que coisa mais terrível?

— E o Kiut não contou nada para vocês?

— Sobre o sobrinho dela? Claro que não. Kiut só fala de amor, ah, que saudade daquele enxerido!

— Está bem, eu vou contar um segredo para vocês. Eu sou o sobrinho da senhora Atineia.

Foi um espanto geral, algumas demonstrando encantamento, outras, uma certa repulsa. Talvez pudessem desconfiar que eu tivesse um mínimo que fosse da maldade da minha tia Atineia. Para desfazer qualquer suspeita, condenei as coisas que ela e o sr. Deodor haviam feito comigo, inclusive contei sobre o aprisionamento e a importância do Kiut no resgate meu e de Luane. Não demorou muito para que todas estivessem ao meu lado, dispostas a me ajudar. E nenhuma ajuda eu poderia dispensar, afinal de contas, precisava resgatar Luane das garras da Kartiona e também encontrar os meus pais que haviam sido levados pelo vento.

CORTEJO DOS RATOS

Parecia uma procissão de ratas. Na frente seguiam mais ou menos umas dez mostrando-me o caminho, mas atrás havia perto de mil marchando dispostas a lutarem pela minha causa. De repente a líder puxou um coro e as demais seguiram na cantilena. Uma letra incompreensível, penso que um dialeto do mundo delas, com uma melodia que mais parecia um canto de guerra entoado por um pelotão militar.

> Marenira, bandura, altaniz
> Lutrande, quirona, bangui
> Siabat, geniroma
> Kabruça, brukunda daniz

Repetiam aquelas palavras com a força de guerreiras imbatíveis e destemidas. Havia alegria, harmonia e a disposição de vencer a batalha contra a Kartiona solitária, ainda que isso custasse o sacrifício de algumas catitas.

Mais ou menos duas horas depois chegamos ao lugar onde reside a Kartiona solitária, uma gruta no pico do Pitalinho. A ave gigante estava fazendo um ninho em volta de Luane, um ninho de cipós entrelaçados, muito resistentes, que impediriam minha namorada... minha amiga de escapar. A cada cipó que amarrava, um grito de comemoração. Grito estridente, apavorante, que Luane só suportava porque tapava os ouvidos com as mãos.

Naquele ritual, verificamos que era necessário mais cipó e os que haviam por perto já tinham sido todos utilizados. Kartiona abriu as asas produzindo uma ventania que balançou as folhas das árvores, os pelos das ratas e os meus cabelos. Alçou voo na intenção de logo regressar e concluir a prisão de Luane. Não sabia ela que as minhas amigas catitas estavam todas a postos para invadir o local. E foi o que aconteceu. Todas com seus dentes muito afiados fincaram as presas nos cipós e estraçalharam um a um. Luane morre de medo de ratos, mas para que não entrasse em pânico logo me apresentei e contei o que estava acontecendo.

— Não se assuste, Luane, são minhas amigas. E amigas do Kiut também, aliás, mais do que amigas.

Luane não entendeu do que eu estava falando, e nem dava para dar explicações naquele momento. Assim que foi solta, me abraçou e, instintivamente, deu um beijo na minha boca. Um beijo um pouco demorado, quase um beijo de paixão. Ao olhar para o lado vi que mil ratas estavam emocionadas, os corações pulsando, imaginado-se em afagos com o conde de Karianthos. Elas aplaudiram o nosso beijo.

Eu e Luane sorrimos, agradecemos a ajuda e partimos à procura de meus pais. Mas não andamos muito e Luane começou a cambalear. Perdia forças nas pernas e o motivo eu logo pude saber qual era. Havia marcas em seus quadris, quatro pequenos furos deixados em cada lado pelas garras afiadas da Kartiona solitária. A pele de Luane estava roxa e minavam gotas de sangue. Toquei minha mão em seu rosto e vi que estava com febre.

Impressionante como, em tão pouco tempo, o ferimento já conseguia produzir tamanha reação. Luane olhou para mim e, por mais forte que quisesse parecer, a dor falava mais alto:

— Está doendo muito, Kauy, é como se as garras daquela águia estivessem cutucando minhas carnes.

— Calma, Luane, procure manter a calma que encontrarei uma maneira de aliviar sua dor.

Respondi aquilo da boca para fora, querendo encorajar minha amiga. No entanto, eu tinha mesmo de fazer alguma coisa, nem que fosse pedir ajuda a alguém. Então gritei:

— Por favor, alguém me ajude. Alguém me ajude, por favor.

O que me vinha como resposta era o habitual som da floresta. Cigarras, o vento, pássaros cantando ao longe e grunhidos que pareciam macacos distraídos. Nada que pudesse me confortar ou alimentar a esperança de resolver o problema de Luane. Então coloquei o braço dela sobre meu ombro e insisti na caminhada. Apenas alguns passos e paramos na margem de um córrego. Deitei Luane sobre umas folhas e mais uma vez ela olhou para mim como quem implorasse uma solução. Peguei uma folha, com ela fui apanhando água gelada do riacho e banhando Luane na intenção de que a febre baixasse. Foi um grande remédio, mas eu sabia que aquilo não seria a cura. Teria de encontrar uma forma definitiva de tirar Luane do perigo.

— Por que não dá para ela a fruta da vida infinita?

Ouvi uma voz falando isso, mas não sei quem estava por trás. Ainda assim interagi:

— Fruta da vida infinita?

— Sim, a alcava. Do jeito que ela está, não terá como se salvar, a não ser comendo a alcava.

— Verdade — eu disse. — Mas onde vou encontrar a fruta? Já faz tanto tempo que tive uma em minhas mãos e não lembro mais o lugar.

— Pode deixar, eu vou providenciar uma para ela.

— Mas quem é você?

Perguntei tarde demais. Ninguém me deu a resposta. E também não apareceu com a fruta como prometera, pelo menos nos trinta minutos seguintes. E como Luane foi piorando muito, resolvi eu mesmo sair correndo em busca de uma solução, fosse qual fosse. O que não podia era ficar ali esperando o pior.

ENCONTRO COM OS PAIS

Corri pelo menos um quilômetro no meio da floresta quando percebi que estava completamente perdido. Girei entre os troncos e não tinha mais nenhuma ideia do lugar onde me encontrava. Seguir no rumo norte, leste, sul ou oeste era indiferente. Todas as direções não me levariam a lugar algum. Entrei em pânico, pensei em voltar para onde havia deixado Luane, mas nem mesmo esse caminho eu sabia mais onde ficava.

– Alguém me ajude, pelo amor de Deus!

Gritei e deixei as lágrimas jorrarem. Saí cambaleando mais alguns passos e sentei fragilizado sobre a raiz de uma árvore frondosa. Meus soluços pareciam acompanhar o ruído da ventania, oscilando intermitentemente à espera de algum consolo. E ele veio exatamente das folhas que começaram a tocar minha cabeça, meus ombros, minha face e todo o meu corpo. Senti-me como uma criança no colo de uma mãe que acaricia seu filho carente. E então ouvi uma voz chamando meu nome:

– Kauy!

Aquela voz, aquela era a voz de minha mãe. Bastou uma palavra para que eu tivesse certeza de que era ela quem me chamava.

– Kauy, meu filho, você está bem?

– Mamãe, então é a senhora mesmo? Que bom encontrá-la!
– Nós é que estamos felizes em vê-lo novamente, meu filho.
E já não era mais a minha mãe quem falava. Agora era meu pai que estava ao lado dela, plantado no topo daquela montanha.
– Papai, como pode ser? O senhor aqui bem ao lado da minha mãe? A ventania não...
– Sim, a ventania nos uniu novamente. As pedras do sr. Lingardo não foram pesadas o suficiente para evitar que o vento as removesse, e sua força nos trouxesse até o topo da colina do Kundun.
– Colina do Kundun? Então esta é a colina do Kundun?
– Exatamente, Kauy – disse minha mãe. – Aqui é uma reserva ambiental maravilhosa, tem árvores de diversas espécies, algumas em extinção. Tem uma fauna riquíssima: macacos, onças, camaleões, lobos, pássaros grandes e pequenos, aves de rapina...
– Tem até Kartionas! – exclamei.
– Verdade. Mas como você sabe que aqui tem Kartionas?
– Porque fomos atacados por uma. Quer dizer, Luane é que foi atacada e está ferida e passando mal.
– Oh, não – disse meu pai. – O veneno proveniente das garras das Kartionas é mortal. A garota deve estar agora com muita febre, não é?
– Sim, ela está se queimando de febre e uma voz me falou que a única forma de salvá-la é levando uma alcava para ela comer. Mas eu não sei onde encontrar a árvore que brota essa fruta.
Minha mãe sorriu. Levantou seu braço em forma de galho e, com uma folha que mais parecia a sua mão, retirou de outro galho dela mesma uma alcava madura, de um cheiro maravilhoso, e me deu.
– Leve para Luane, Kauy, ela vai ficar boa.
– Sim claro, eu vou voando.
– Vá depressa, mas não precisa voltar logo para nos ver. Depois de salvar Luane, vá à mansão Karianthos para evitar que ela seja vendida para o dono de uma fábrica de refrigerantes.

A última frase foi meu pai quem pronunciou. E lembrei logo do Lâmpada. Se venderem a casa grande podem fazer reformas e tirá-lo do lugar para colocar um novo poste. Dois problemas para resolver, mas o mais urgente era mesmo levar a alcava para Luane. Corri feito um raio.

Não consigo imaginar como minhas pernas eram capazes de correr tão velozes, na mesma velocidade do meu pensamento. É claro que pensamentos bons e terríveis. Os bons eram de esperança e a certeza de que chegaria a tempo, Luane ficaria boa e teríamos como impedir que vendessem a mansão Karianthos. Os terríveis eram a visualização do contrário. Luane agonizava no meu pensamento e o Lâmpada chorava diante da possibilidade de ser totalmente arrancado daquele lugar. Pensava e corria, corria e pensava, tudo tão rapidamente que, de repente, eu já estava lá.

– Luane!

Ela não respondeu. Tive de chamar mais alto e só depois da terceira vez é que esboçou um pequeno movimento com os olhos. Toquei em seu rosto e parecia sair fumaça. Estava completamente desfalecida. Sentei, coloquei sua cabeça sobre minhas pernas, peguei a alcava, abri a boca dela e coloquei a fruta para que mastigasse. Esperei quase um minuto e ela não reagia. Então mastiguei a alcava e devolvi uma porção à boca de Luane, como fazem os pássaros com seus filhotes. Assim ela conseguiu engolir a primeira porção. Dali em diante já pôde mastigar o resto e, aos poucos, foi retomando seu ar sublime e angelical. Olhou em meus olhos e sorriu. Meus olhos estavam infinitamente carregados de sentimentos, assim como o meu coração, assim como Luane também estava. Dos olhos dela verteram lágrimas de felicidade, toquei minha mão em sua testa e já não havia mais febre. Ela sentou, sem dizer palavras, mas dizendo-me frases inteiras com suas expressões, tocou em meu rosto, me abraçou e nos beijamos como duas pessoas que se amam.

Depois daquele beijo respiramos e levantamos dispostos a seguir na jornada. Mas qual era a jornada afinal? Luane não sabia ainda que eu havia encontrado meus pais. Então falei para ela e disse que nossa missão naquele momento era evitar que vendessem a mansão de Karianthos.

UM BOSQUE
OU UMA FÁBRICA

Descemos a colina do Kundun tão decididos a impedir a venda, quanto um tigre determinado a alcançar sua presa. Embora existissem, não enxergávamos os espinhos, os garranchos e os córregos no meio do caminho. De tão ansiosos, chegamos ligeiro. Entramos pelo portão do muro e logo tivemos que nos esconder entre as plantas do jardim para ouvir a conversa. E, para nosso espanto, embora já suspeitássemos, quem lá se encontravam era a minha tia Atineia, o sr. Deodor e dois homens de paletó. Negociavam, de fato, a compra da mansão com o objetivo de construir uma fábrica de refrigerantes.

— Não se preocupe, senhora Atineia, procuraremos preservar o que for possível da casa, até porque a pessoa que a construiu tinha uma visão de futuro muito grande e já deixou os compartimentos muito próximos do que precisamos para montar o escritório. Uma pequena adaptação e tudo estará resolvido.

— Verdade — disse o segundo homem que participava da negociação. — As árvores é que terão de ser removidas, praticamente todas. Talvez preservemos apenas o jardim.

— Mas se é em nome do progresso, é por uma boa causa, não é?

— Claro, sr. Deodor, claro que é em nome do progresso, do desenvolvimento de Karianthos. Afinal de contas vamos gerar centenas de empregos e muita receita para toda a cidade.

Ouvíamos estarrecidos e mais ainda ficamos quando tia Atineia apontou para o poste onde se encontrava apreensivo o nosso amigo Lâmpada.

— Aquele poste inconveniente, velho e torto, vocês não vão deixá-lo ali, não é?

— Claro que não, senhora Atineia, esses entulhos vão ser todos removidos. Teremos todo prazer em receber a senhora e o sr. Deodor para uma visita à fábrica, tão logo façamos a inauguração.

— Claro, será uma grande honra.

Sr. Deodor mais parecia um bajulador do que o esposo de minha tia Atineia. E quer ver cara de babaca foi quando um dos homens retirou um talão de cheques para efetuar o pagamento. Naquela hora eu não aguentei e saltei de trás de uma planta disposto a tudo.

— Vocês não podem comprar esta casa.

Tia Atineia arregalou os olhos incrédula. Sr. Deodor desfigurou e o charuto caiu da boca. Os homens acharam que se tratasse de uma brincadeira.

— Mas quem é esse garoto que se atreve a atrapalhar nosso negócio?

— Uma garota também — disse Luane. — Os senhores não podem comprar esta casa porque ela não está à venda.

— Claro que está à venda, seu moleque, e não é você quem vai impedir. — disse sr. Deodor.

— Mas o que é que está acontecendo aqui? Quem são esses garotos?

— Ele é o verdadeiro herdeiro da mansão Karianthos, e não ela. — afirmou Luane.

Ainda trêmula, tia Atineia reagiu.

— Mas que ousadia. O que você está pensando, hein, garota? Saiba que eu tenho a escritura original desta mansão e posso vendê-la, sim.

— Não, não pode.

Todos olhamos para trás e na entrada do muro estava o sr. Arturo acompanhado por um oficial de justiça e três policiais. Caminharam na nossa direção e explicaram todos os fatos.

— Esta casa não pode ser vendida por vários motivos. Primeiro porque o verdadeiro herdeiro é Kauy. Por ser o único e legítimo filho do sr. Karianthos, a mansão a ele pertence. E temos certeza que jamais ele venderia a alguém que tivesse planos para derrubar uma árvore sequer, deste bosque tão belo, construído por seu pai. – disse sr. Arturo.

— Mas isso é um absurdo! – disse sr. Deodor. – Vocês não têm o direito de atrapalhar o nosso negócio.

— Atrapalhar, não, sr. Deodor, impedir. – disse o oficial de justiça.

— O senhor não se atreva...

— Sr. Deodor, o senhor está preso, bem como a senhora Atineia – disse o policial. – Há tempos estavam sendo procurados por sequestro e tentativa de assassinato.

— Além disso – disse o oficial de justiça – estou trazendo um mandado da Justiça que os acusa de terem se apropriado de uma casa e uma chácara e nunca terem pago ao verdadeiro proprietário.

Sr. Arturo tomou novamente a palavra e falou quase em tom de ultimato:

— Resumindo, sra. Atineia e sr. Deodor, vocês vão explicar à Polícia e à Justiça todas as suas falcatruas e perversidades.

Os dois compradores recolheram o talão de cheques, fecharam a maleta e foram saindo de fininho enquanto os policiais colocavam algemas em minha tia e no sr. Deodor. Uma cena muito triste para eles e para mim, que tive toda uma vida acreditando que poderiam ter me tratado como um verdadeiro filho.

— Tia — eu ainda falei. — Apesar das coisas ruins que aconteceram, obrigado pelas coisas boas.

— Cale a boca, imbecil — intrometeu-se sr. Deodor.

Minha tia olhou para mim com a cabeça baixa e esticando as sobrancelhas, mas os olhos dela também não me revelaram coisas boas. Percebi que o ódio a impedia de esboçar qualquer sentimento de saudade ou mesmo de remorso. O ódio era mais forte. Tia Atineia e sr. Deodor pareciam tomados por forças demoníacas que os impelia para a profundeza das trevas. Lembrei da mãe verdadeira que não tive para me dar carinho, para me ensinar princípios de justiça e solidariedade, muito embora esses valores façam parte de mim. Foi um breve instante de reflexão interrompido de forma sublime quando senti o toque da mão de Luane em meus dedos. Ela parecia sentir o que eu estava sentindo e na sua cumplicidade segurou a minha mão, foi à minha frente e enxugou uma lágrima que estava em meu rosto.

— Kauy, preciso lhe dizer uma coisa.

Mas não disse. Esperei um tempinho e diante do seu silêncio resolvi perguntar:

— O quê?

— Não, não vou dizer agora. Haverá um momento mais interessante para lhe falar.

— Tudo bem, afinal de contas precisamos voltar à colina do Kundun para falar com meu pai e com minha mãe.

— Sim, claro.

Tia Atineia e sr. Deodor ainda não haviam sido conduzidos à viatura da Polícia quando chegou um outro homem de terno e se aproximou do sr. Arturo. Conversaram um pouco e logo nos procuraram.

— Kauy, este senhor quer falar com você.

— Sim, claro. O que o senhor deseja?

— Kauy, conseguimos recuperar a escritura da mansão Karianthos. Gostaria que soubesse que você é o único e verdadeiro herdeiro e pode decidir o futuro deste lugar maravilhoso.

Se quiser vender, poderá comprar apartamentos, carros e fazer uma grande poupança. Vale uma fortuna, Kauy.
— Não, eu não...
— Kauy, cuidado — disse Luane puxando-me pela camisa. E todos se abaixaram, exceto tia Atineia e sr. Deodor, diante da Kartiona solitária que fez um voo rasante soltando gritos estridentes. E as vítimas, se é que podemos mesmo chamar de vítimas, foram tia Atineia e o sr. Deodor. A Kartiona, com aquele corpo gigante e asas que, de tão grandes, mais pareciam folhas de palmeiras, arrancou os dois das mãos da Polícia, no instante em que seriam colocados na viatura. Para alguns que presenciaram a cena, aquele seria o fim de tia Atineia e do sr. Deodor, afinal de contas, quem gostaria de cair nas garras de animal tão terrível? Para mim e Luane, aquilo poderia ter sido também um resgate, já que as ratas de Karianthos haviam nos falado que Kartiona solitária nada mais era do que uma serviçal de minha tia Atineia e do sr. Deodor.

Mas enfim, voltamos a ficar de pé para concluir a conversa com o advogado que estava ao lado do sr. Arturo.
— Que susto, hein? — ele falou.
— Sim, essa Kartiona é terrível. Dificilmente sobrevive quem é atacado por ela. — disse Luane.
— Mas e então, lhe interessa a venda da mansão, garoto?
— Não — respondi com firmeza.
— Preciso conversar com Luane e com sr. Arturo sobre o destino da mansão Karianthos. Mas isso não será agora. Teremos tempo para isso. Agora precisamos resolver uma pendência. Até outro dia, senhor.
— Tudo bem, mas se resolver vender a casa, aqui está o meu cartão.

Recebi por gentileza. Nos despedimos do sr. Arturo, deixamos os policiais ainda absortos com a forma como tia Atineia e sr. Deodor haviam sido levados pela Kartiona e, finalmente, tomamos o rumo da colina do Kundun.

VOCÊ DE NOVO!

Atenção redobrada. Passos apressados. Olhares em todas as direções. Todos os sons nos pareciam ameaças, até mesmo o canto de algumas aves inofensivas. Terrível foi o ronco de um javali que se atravessou na nossa frente. Luane achou que estivesse nos atacando, mas não, ele corria atrás de um rato que estava quase sendo alcançado. O pobre e indefeso ratinho tentou se esconder numa pedra, mas ficou acuado, esperando apenas o bote final. Foi aí que escutei uma voz bem familiar.

— Ai, tô lascado!

— Kiut! — eu disse espantado.

E era realmente o meu amigo quem estava diante de tamanho perigo. É claro que eu corri para ajudá-lo. Peguei um pedaço de galho seco e encarei o javali. Ele parecia inconformado com a possibilidade de perder sua presa. Reagiu me mostrando seus dentes afiados. Luane se apavorou e pediu para que eu tomasse cuidado. O javali partiu para cima de mim, mas o assustei com o pau que tinha à mão. Como ele percebeu a minha astúcia, acabou aceitando a derrota e distanciou-se do local.

Kiut estava da cor de um maracujá, tremendo como o mais medroso dos viventes. Corri para junto dele, o apanhei e o trouxe à altura do meu rosto.

— Meu amigo, por onde andava? O que fez àquele javali para que ele estivesse tão feroz? Ia virar comida, sabia?

— Oi, amigo, há quanto tempo, não é? Muito obrigado por ter salvo a minha vida daquele javali nojento e machista.

— Machista? Não entendi – disse Luane.

— Machista sim, é macho e machista. Diante de uma companheira chamou-a de vagabunda e a espancou com grande violência. E eu não admito violência contra o sexo feminino. Acho que deveria ser criada a Lei Maria da Penha dos Animais. Quem já se viu bater numa companheira. Então, como eu ia passando, tomei as dores e provoquei: Só bate nela porque é covarde. Como pode ser tão insensível e agredir fisicamente uma criatura tão amável, dócil, elegante e bonita! Ele ficou duplamente irritado, tanto porque me intrometi em sua vida, quanto pelos elogios que fiz à companheira dele. Acho que foi uma crise de ciúmes.

— Dessa vez escapou por pouco, viu, Kiut.

— É, eu sei.

— Olhe, encontrei um grupo de catitas que estavam todas à sua procura.

— Ah, foi? Elas me adoram!

— Adoram sim e estão apaixonadas por você.

— Todas elas? – perguntou Luane.

— Todas, Luane, mais de mil. Dizem que você, Kiut, é incrível, viu?

— E sou mesmo, afinal de contas eu entendo perfeitamente o coração e o sentimento feminino.

—É, mas se não fosse Kauy, agora estariam viúvas centenas de catitas, já pensou?

— Realmente, às vezes sou um pouco descuidado. Mas muito obrigado por isso e pelo prazer de tê-los conhecido.

— Ah, então vai finalmente para os braços de suas amadas.

— Sim, Kauy, quem sabe um dia eu retorne a Recife, afinal de contas eu gosto tanto da vida aqui em Karianthos quanto da vida de lá. Para que lado foram as minhas catitinhas?

— Lado oeste.

— Muito obrigado, amigo. Muito obrigado, Luane. Sejam muito felizes e cuidado com as surpresas da floresta.

— Não se preocupe. — eu disse. — já temos uma certa experiência. Vá em paz, conde de Karianthos.

— Seja esperto, cara, senão você entra numa roubada de novo.

Foram as palavras finais de Luane. Kiut sorriu, fez um gesto de reverência e disparou no rumo oeste.

Seguimos nosso caminho na direção da colina do Kundun e algum tempo depois, reencontrei meus pais.

DIANTE DOS MEUS PAIS

Era fantástico o lugar onde estavam meu pai e minha mãe. Uma visão privilegiada de toda a colina do Kundun. Um lago onde garças e outras aves iam matar a sede e se alimentar, pássaros gorjeando as mais diversas melodias, saguis, macacos, tamanduás, tartarugas, coelhos e várias outras espécies circulavam por lá. Era visível o estado de felicidade tanto de meu pai quanto de minha mãe. Felicidade que se intensificou quando eu e Luane chegamos para conversar com eles.

— Pai, mãe, muito obrigado pela alcava. Vejam que foi um grande remédio para Luane.

— Você está linda, Luane! — disse minha mãe.

Talvez por ter degustado a alcava, Luane conseguiu perceber o semblante humano nas árvores.

— Estou é toda descabelada. Mas mesmo assim obrigada. Eu queria muito saber como vocês estão depois que vieram para cá.

— Estamos bem, minha filha.

Meu pai então completou:

— Não podemos decidir tudo na vida, em algumas situações é a própria natureza e a autonomia do destino que nos conduzem para um ou para outro lado. O importante é que saibamos compreender tais ocorrências.

— Pai, o senhor quer voltar para a mansão Karianthos?

— Não, Kauy. Agora estamos em outro estágio da vida.

— É sim, meu filho. — disse minha mãe. — Além do mais, como iríamos retornar? Viemos pelas mãos da natureza e por isso conseguimos permanecer vivos neste outro espaço. Tentar nos levar de volta poderia ser o nosso fim.

Meu pai concordou e até aproveitou para nos aconselhar.

— Mas é fundamental que cuide bem da mansão. Preserve todas as plantas que ficaram lá e trate o Lâmpada com carinho.

— Não se preocupe, meu pai. O pai de Luane, sr. Arturo, é nosso advogado e agora tenho a escritura comigo.

— E então, minha irmã Atineia e o seu esposo Deodor devolveram a escritura?

— Devolver não devolveram, mas nós conseguimos recuperar. Eles são procurados da Polícia. Quase foram presos, mas acabaram sendo levados pela Kartiona solitária.

— Cruz credo! — espantou-se minha mãe.

— É uma longa história, que outro dia poderei contar em detalhes. Mas o importante é que a mansão nos pertence novamente e o meu projeto é transformar numa área de preservação ambiental, um bosque para visitação de estudantes e de pessoas que queiram conhecer a história de Karianthos. Serão realizadas palestras com biólogos e ambientalistas para falar sobre a importância das plantas, das águas e dos animais para a vida do planeta. Além disso as pessoas poderão conversar com o Lâmpada.

Meu pai pareceu gostar da ideia e fez até um comentário sobre o Lâmpada para que ele não fique se sentindo tão sozinho.

— Ele vai ficar muito feliz em poder conversar com as pessoas, principalmente com os amigos que está adicionando nas redes sociais. Nunca vi alguém gostar tanto de internet quanto ele.

— Kauy — disse minha mãe — o Lâmpada é muito iluminado. E você também. Eu e seu pai estamos muito felizes em saber que temos um filho tão bom e tão preocupado com o destino das pessoas e da natureza.

Luane olhou para mim, sorriu e deu um beijo na minha face. Fiquei meio sem jeito porque minha mãe e meu pai estavam vendo e sabiam que eu amo Luane. Mas a surpresa foi ver que ela teve coragem não apenas de beijar minha testa, mas também de declarar, diante dos meus pais...

— Eu te amo, Kauy.

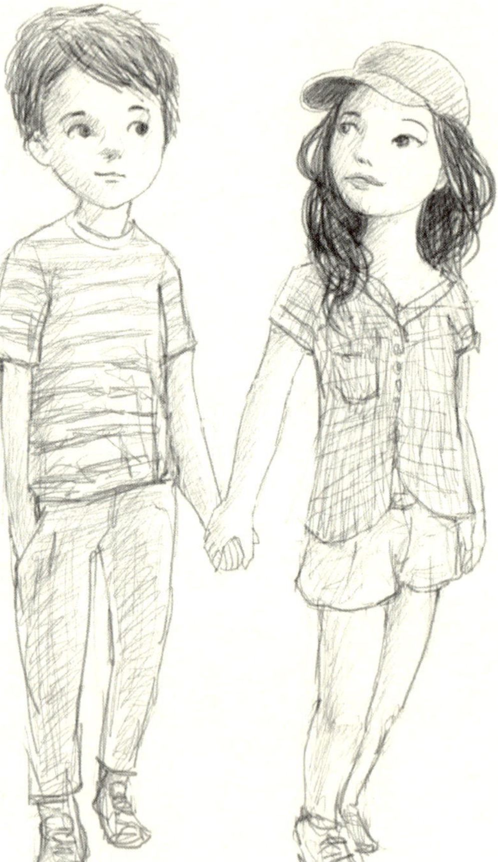

Impresso em São Paulo, SP, em novembro de 2016,
com miolo em off-white 90 g/m² nas oficinas da Mundial Gráfica.
Composto em Microsoft PhagsPa, corpo 11 pt.

Não encontrando esta obra em livrarias,
solicite-a diretamente à editora.

Escrituras Editora e Distribuidora de Livros Ltda.
Rua Maestro Callia, 123 - Vila Mariana, São Paulo, SP - 04012-100
Tel.: (11) 5904-4499 - Fax: (11) 5904-4495
escrituras@escrituras.com.br
vendas@escrituras.com.br
www.escrituras.com.br